雛の鮨

料理人季蔵捕物控

和田はつ子

時代小説文庫

角川春樹事務所

目次

第一話　雛《ひな》の鮨《すし》

一

棟割《むねわ》り長屋の一つ、銀杏《いちよう》長屋は、食べ物屋が建ち並ぶ木原店《きはらだな》の裏手にあった。借店の搗《つき》米《ごめ》屋と八百屋の間にある長屋木戸を通った先である。

棟割り長屋は、狭い上に、棟に添って壁が続き、表と裏に分けられている。そのせいで、奥が壁になり、風通しが悪いと相場が決まっていたが、ここには幸い桜や柳が花や葉をつける空き地があって、おかげで、誰も窮屈な暮らしぶりをそう苦にしてはいなかった。

江戸の朝は早い。

今日もまた、空が白みはじめるとほどなく、空き地で飼われている鶏が鳴いた。夜明けを告げる鶏の声は、このところ、日を追うごとに早くなってきている。節分を過ぎて雛の節句が間近なせいである。とはいえ、まだまだ路地裏の霜柱は消えず、寒さはいっこうに緩む気配がなかった。それでも朝の風は、どこからともなく、木々が芽吹き、生き物たちが息づく、うれしい春の匂《にお》いを、ほんのりとではあったが運んできてくれていた。

明け六ツの鐘が鳴るとまもなく、

「なっと、なっとぉーなっと。なっとお、みそまめ……」

銀杏長屋に納豆売りの声が響き渡った。今朝一番の声である。

季蔵《としぞう》は暗いうちから、この声を待ち兼ねていた。

がらりと棟割り長屋の油障子を開け、

「納豆を一本」

と季蔵が頼むと、

「へい、おまけ」

棒手振《ぼてふ》りの三吉《さんきち》が、ひょろひょろとした長い身体を揺らせている。泣きださんばかりに思いつめた表情であった。

「ほう、たたき納豆か」

季蔵は三吉が差し出してきた三角の包みをながめた。

――これも煎《い》り酒《ざけ》にはいいかもしれないな――

季蔵は近くの料理屋〝塩梅屋《あんばいや》〟で働いている。今年二十八になる。整っているだけではなく、きりりとした顔立ちで、長身で引き締まったよい身体つきをしている。だが、首が長すぎるせいもあるのか、料理人の着る藍染《あいぞ》めの作務衣《さむえ》は、まだそう似合っていなかった。

季蔵が手に持つ刀を包丁に替えてから、五年がすぎていた。料理人として生きようと、ひたすら料理の腕前を上げることに精進してきた。

それゆえ、季蔵が三吉を待ち受けていたのは、藁《わら》に包まれた糸引き納豆を朝飯の菜にするためではなかった。昨夜、店から帰った季蔵は、竈《へっつい》に仕掛けた鍋で煎り酒をこしらえた。煎り酒とは日本酒に梅干しを入れて煮つめた醬油《しょうゆ》の一種である。室町の時代から伝わってきたものだったが、昨今は、大豆から作る下り醬油や地廻《じまわ》り醬油に押されて廃《すた》れかけている。

しかし、季蔵が師と仰ぐ長次郎《ちょうじろう》は、煎り酒こそ、素材の味を最高に引き出す醬油だとして、塩梅屋の料理はどれもがこの煎り酒で調味されていた。

長次郎は煎り酒の作り方を伝授しようとはせず、

「俺の作る煎り酒が一番だなんて、思っちゃいけねえぜ。煎り酒の塩梅の良さはな、作り手の心なんだ。心が澄んでりゃ、いい塩梅の煎り酒ができて、美味《うま》い料理が塩梅できるってえもんだ」

からりと笑って言ってのけた。

これを聞いた季蔵は以来、伏見の下《くだ》り酒や紀州梅などが手に入るたびに試作を繰り返していた。

季蔵の手はまだおまけのたたき納豆に伸びていない。見たところ、三吉は棒手振りで商いをするにはまだ幼く、よほどの事情があるように見受けられた。それで、只《ただ》でもらっていいものかと季蔵は迷っていたのである。

察した三吉は、

「おいら、今日、はじめて豪助《ごうすけ》さんに勝ったんだぜ。一番乗りしたんだ」

誇らしげに胸を張って言った。

「だから、最初に買ってもらった人に、とびっきりのおまけをつけるって決めてたんだ」

豪助というのは、深川に住む猪牙舟《ちょきぶね》の船頭である。金を稼ぐのは、金を使う楽しさを味わうためだとよく言っている。そのため、漁師でもないのに、あさりやはまぐりを拾って売り歩く、にわか棒手振りの仕事もこなしていた。

この豪助の抜け目のなさは、朝一番にかけつけることであった。

「一番でなきゃ、みんなあさりやはまぐりを買っちまうんだ……」

毎朝、長屋の人たちは、飯が炊けるいい匂いの中で、今か今かと飯の菜を待ち受けている。そして、人々が飯に付けるのはあさりなどの汁か、納豆などの菜、どちらか一品と決まっていた。

「たしかにな」

うなずいた季蔵は、

「だが、これは取ってくれ。一番乗りの祝儀だ」

たたき納豆を受け取る代わりに、いくばくかの銭を三吉に渡した。

「そんなつもりじゃ……」

顔を赤くした三吉に、

「頑張れよ」

そういって、季蔵は家に入った。

早速、糸引き納豆とたたき納豆を小鉢に移し、鍋の中の煎り酒をかけた。ねばねばした糸引き納豆は想像していたような味である。醬油よりもくどくない。一方、味噌《みそ》納豆ともいうたたき納豆は、味噌にする前の大豆を蒸《ふ》かしたものである。これにもよく合った。酒でこくの出た梅の酸味が何ともいえず、大豆の味が山海の珍味に感じられる。

――想《おも》っていた通りだな――

満足した季蔵は、茶を飲むために湯を沸かしにかかった。店がひけてから遅くまで、ずっと煎り酒にとりかかっていて、気がつくと朝だった。飯は釜に研いだ米を竈にかけたばかりである。

するとそこへ、

「あさり――しーじーみーよぉーいっ、あさり――むきみよぉーい。あさりはぁーまぐーりよぉーいっ」

豪助の声が聞こえてきた。

今日のところは、あさりを料理に使うつもりはなかった。しかし、ほどなく、豪助の声が近くなって、

「あさり――しーじーみーよぉーいっ」

とあった後、

先ほどのかけ声と似てはいるが物騒な言葉に変わった。豪助が季蔵を訪ねる時の合図である。

「あっさり死んじめえ、あっさり死んじめえ――」

油障子が開くと、天秤《てんびん》を担いだ豪助が目の前に立っていた。

「兄貴いるかい」

豪助は船頭にはめずらしい、端整な顔立ちの若者である。仕事柄、顔の色は浅黒いが、敏捷《びんしょう》そのものといった小柄な身体は、ほどよく引き締まっている。ややもすると、とっつきにくい印象だったが、笑うとできる目尻の皺《しわ》に屈託《くったく》のなさが感じられた。豪助は笑い上戸であった。

季蔵が豪助と最初に出会ったのは、侍姿で猪牙舟に乗った時である。それからしばらくして豪助が塩梅屋にあさりを売りに来て偶然再会した。

季蔵が姿を変えていたにもかかわらず、豪助は覚えていた。

当初は、〝旦那《だんな》、旦那〟と呼ばれ、閉口した季蔵が、〝旦那だけはやめてくれ〟と頼むと、次から〝兄貴、兄貴〟となついてくるようになったのである。

豪助から安くて美味い貝を買うことに決めたのは、主《あるじ》の長次郎で、季蔵は口添えなどしていない。だから、なついてくる理由はまるでわからなかった。

「季蔵さんの丈を小さくして、よく笑わせたら、豪助さんに似るかもしれないわ」

おき玖《く》に言われたことがあった。おき玖というのは、二十《はたち》になる長次郎の一人娘である。

その豪助は、

「こんなに余っちまったぜ」

季蔵の家の土間に担いでいた天秤を置いた。そして、鼻をくんくんとさせると、

「兄貴のところも納豆かい。今日はどの家も納豆だな。さては、三吉の奴に先を越されたか」

苦い顔になったが、季蔵が三吉の一番乗りの話をすると、うんうんとうなずいて、

「そうだったのかい」

と言って笑顔になった。

「そりゃあ、たんと励みになったことだろうな」

さらに皺を深くして笑い続け、

「そうとなりゃあ、この天秤ごと、ご祝儀ってえことで安くしとくぜ」

さらりと商いの話をした。

塩梅屋は日本橋通《とおり》一丁目新道《じんみち》の木原店にある。新道とはこのあたりの地主たちが相談して作った私道で、天麩羅《てんぷら》、蕎麦《そば》、汁粉《しるこ》などの食べ物屋の店が建ち並んでいる。どの店もぶらりと入って、気楽に食べられるのが取り柄であった。

塩梅屋もそんな店の一つである。掛行灯《かけあんどん》に火が入る頃、縄のれんをくぐって中に入ると、床几《しょうぎ》に飯台《はんだい》が置かれているのが見える。客たちは懐具合に合わせてちろりで温められた酒と肴《さかな》を楽しんでいた。

塩梅屋の二階には長次郎とおき玖の住まいがある。その他に忍冬《にんどう》の垣根で隔てた離れで

も客たちをもてなしている。離れの方は、長次郎がすべてを仕切っていて、季蔵は出入りする客の顔さえ見たことがなかった。通りに面した階下の一膳飯屋《いちぜんめしや》は、いつしか、季蔵が仕入れから献立までを任されるようになっていた。

「あさりねえ……」

季蔵は小首をかしげて、天秤いっぱいのあさりを見つめた。

「剝《む》き身だぜ」

豪助は焦《じ》れた声を出した。剝く手間がかかるので、剝き身は貝に入ったものより高いのである。一目見ていいものだと買うことに決めた季蔵は、

――深川丼に、煎り酒を使ったあさりのぬた、天麩羅、今日は豪勢にあさりを振る舞えるな――

すっかりうれしくなっていたが、顔には出さず、わざと涼しい顔で、

「剝き身は汁にはできないし、傷みが早い」

「そりゃ、そうだが」

「多すぎる」

「それもそうさね」

豪助の顔が歪《ゆが》みかけてきた。

そこで、やっと、季蔵は折れた。

「許してくれ。今のはふざけて言ってみたんだ。いいあさりだ。今日はあさり尽くしにで

きる。買わせてもらうよ」

「すまねえ、兄貴。恩に着るぜ」

　豪助は、礼を言う前にもう笑っていた。三吉のことを聞いた時にも増して、割れるような笑顔である。

　――焦らしたのは、この顔を見たかったからかもしれない――

　知らずと、季蔵の顔にも笑みがこぼれていた。

二

　上がりこんだ豪助は、

「えーっと」

　竈の横にある棚の上から茶筒を取った。

「勝手知ったるってえのはこのことさね」

　棚は吊《つ》り棚になっていて、上から二番目には急須《きゅうす》と湯呑《ゆの》みが置かれている。湯が沸く音がすると、豪助は器用な手つきで茶を淹《い》れはじめた。

　豪助の淹れる茶はいつも感心するほど旨かった。といっても、茶筒の中身は古い葉や固い芽を煮て乾かしただけの茶色い煎茶《せんちゃ》だから、ようは塩梅である。急須に茶葉を淹れてからの揺すり具合、湯呑みに注ぐまでの間合いに秘訣《ひけつ》があるようだった。

「何度飲んでも、同じ茶葉とは思えない」

季蔵が感心していると、

「ちょいと気になるところを見ちまったんだよ」

豪助は真顔で季蔵を見つめた。真剣な目をしている。笑っていない。

「たしか、とっつあんはやもめだったな」

とっつあんというのは塩梅屋の主長次郎のことである。季蔵も豪助もいつしか長次郎をこのように呼んでいる。季蔵同様長次郎も、〝旦那様〟とは、決して呼ばせないのであった。

「やもめだから、かまわねえことだが、相手がちょいとな……」

「とっつあんに想う相手ができたとでも……」

季蔵は驚いて訊《き》いた。

うなずいた豪助は、

「昨日、出会い茶屋〝鈴虫〟の前を通ったんだ。そしたら、とっつあんが若い女と二人で出てきた」

「そうだったのか」

信じられないことだが、豪助が見たというからにはそうなのだろう。

「相手は二十そこそこ。娘のおき玖ちゃんと同じぐれえだった。気になって後をつけようとしたが、横道に入ってすいっと消えちまったんだ」

「相手に心当たりは」

豪助は首を振って、

「女はえれえ別嬪《べっぴん》だった。けど、まるっきし、知らねえ顔だよ」

そう呟《つぶや》いた豪助は、がっかりした。自分を棚にあげて言うのもなんだが、とっつあんだけは
「年甲斐《としがい》もねえ。がっかりした。自分を棚にあげて言うのもなんだが、とっつあんだけは
すかっと晴れた秋空みてえに、生臭くねえ人だと思ってたからよ。それがこそこそ出会い
茶屋とはな……。何か、じめついてきやがったぜ」

不愉快そうに眉《まゆ》をしかめた。

「そうだが……」

長次郎がどんな想い人を持とうと勝手で、季蔵たちがとやかく言う筋ではなかった。

「とにかく、その話はここだけにしよう。おき玖ちゃんの耳に入れてはいけない」

季蔵が口止めすると、

「もちろん、俺はそのつもりだよ」

豪助はうなずいたものの、

「けど、人の口に戸はたてられねえぜ。近けえうちに、きっと、おき玖ちゃんも知る……。

ええ騒ぎになるぜ」

とうとう笑顔を戻さないまま、豪助は空の天秤を担いで出て行った。

豪助を見送った季蔵は、行平《ゆきひら》に移して蓋《ふた》をしたあさりの剝き身を、埃《ほこり》がかからぬよう、
吊り棚の一番上に置いた。竈からは飯の炊けるいい匂いがしてきている。

――おき玖ちゃんが知ったら――

長次郎の不似合いな恋路が気にはなっていたが、なるべく考えないようにして、短い竹箒《ぼうき》で二畳ばかりの筵《むしろ》が敷いてある板の間を掃き清めた。とはいえ、頭に浮かんでいたのは、長次郎の言葉だった。

「人は誰でも心にずしりと重みを抱えているもんさ。そして、時に、どうにも重くてやりきれねえことがある。そんな時は自分の身のまわりをながめるこった。じっと重みのことばかし考えてちゃいけねえ。押し潰《つぶ》されちまう。下手の考え休むに似たりとはよくいったもんさ。まずは、食べて、寝て働いてみるんだ。そのうちに、この繰り返しが、生きてるってえことで、そっちの方が、なまじの心の重みなんぞより、よほど重い、ありがてえことだとわかる。これが人生のいい塩梅ってえもんさ」

そういって長次郎は、季蔵が生き方を決めかねていた時、諭《さと》してくれたのだった。

――娘ほども年の違う想い人を持てば、おき玖ちゃんの娘心が傷つくことぐらい、とっつあんだってわかっていただろう。それでも、とっつあんが恋路を突き進んだのだとしたら、よほど重い想いだったにちがいない。とっつあんはこの先、どうするつもりなんだ――

季蔵は下帯をかかえ、外に出た。そして、塩梅屋の行く末に思いを馳《は》せた。

――塩梅屋の看板娘はおき玖ちゃんだ。看板娘は二人はいらない――

となると、長次郎は相手の娘をどこかに囲うことにでもするのだろうか。それとも、そ

の娘と夫婦になったあかつきには、おき玖に縁談をもちかけて出て行かせるつもりなのか
――。

――おき玖ちゃんは気が強い。たしかにこれは騒ぎになるだろう――

季蔵は案じたが、その時、自分がどう身を処すかまでは考えなかった。今まで生きてきて、あれこれと先を想うことが、如何《いか》に無意味か身に沁《し》みていたからである。

季蔵は休むことなく身体を動かし続けた。洗濯が終わると、軒先に紐《ひも》を張って干し、火鉢や行灯の掃除をした。すでに水は井戸から汲《く》み置いてある。よくよくやることがなくなって、最後に神棚の前でぱんぱんと手を合わせていると、

「季蔵さん、いる？」

おき玖の声が戸口で聞こえた。

さすがにおき玖は豪助と違って、自分から油障子を開けるようなことはしない。

「おります」

答えた季蔵が油障子を開けると、おき玖が不安そうな顔で立っていた。

おき玖に翳《かげ》った表情は似合わない。おき玖は肌の色こそ、長次郎に似てやや黒かったが、鼻筋は通り、唇はふっくらと愛らしかった。しかし、何より、黒曜石のようにきらきら光る、ぱっちりした大きな目には、いわく言い難い女の華があって、誰もが惹《ひ》きつけられた。

けれども、今は、小町と噂される程のせっかくの美貌《びぼう》が、萎《しお》れた桃の花のように見えた。

「おとっつあんが来ていないかと思って……」

おき玖は一目で見渡せる季蔵の四畳半をながめている。

「来てはいません」

「そう……」

ため息をついたおき玖に、

「いつからおいでにならないんです?」

昨日、季蔵が長次郎と顔を合わせたのは、夕方のほんの一時であった。

「今夜は奥にかかりきるから、よろしく頼んだぜ」

季蔵は複雑な思いで、昨日の長次郎の様子を思いだしていた。

「離れに行ったきりなのよ。いくら待っても、二階に戻ってこないの。こんなこと、はじめてよ」

おき玖はやや高い声になった。

「離れにはおいでにならないんですか」

季蔵はもとよりおき玖までも、離れに入ることは許されていなかった。

「後で叱《しか》られるのを覚悟で入ったわ」

「いなかったんですね」

「ええ」

聞いた季蔵は胸騒ぎがして、ふと、

――世間とおき玖ちゃんを憚《はばか》っての駆け落ちかもしれない――

と思った。

――だとしたら何も言うまい――

そう決めて黙りこんでいると、

「てえへんだ、てえへんだぜ」

長屋の木戸を抜けて走ってくる、豪助の大きな声が聞こえた。

「とっつあんが、とっつあんが……」

三

息を切らして、季蔵のところまで来た豪助は、戸口に立っているおき玖の姿を見ると、青ざめた顔であっと叫んだ。

「とっつあんがどうしたんだ」

季蔵は不安をこらえて訊いた。

「さっき大川端へ出たら大騒ぎになってた。おろくが上がったって……」

豪助はそこで一度言葉を切ったが、

「誰か知るもんはいねえかといわれて、俺はそのおろくを見た。まちげえねえ、とっつあんだった」

「そんな……」

気がついてみると季蔵は豪助の胸ぐらをつかんでいた。

「いい加減なことを言うと承知しないぞ」

「い、いい加減じゃねえ」

豪助はぜいぜいと息を吐きながらきっぱりと言った。そして、つかんでいた季蔵の手が胸から離れると、

「けど、これが与太話だったら、どんだけいいかと俺も思うぜ」

赤い目をしていた。

おき玖は、意外にも平静で、

「おとっつあんは死んだのね」

豪助に今一度確かめると、

「信じられない。おとっつあんに会いに行くわ」

とすたすたと歩きはじめて、気がついたのか、後ろを振り返り、

「豪助さん、案内してね」

青くはあったが涙のない顔で促した。

三人は大川端へと向かった。大川の水を引き込んだ堀割のふちの方に、何軒かの船宿が見える。裏には長屋が続いていて、豪助の住処《すみか》もそのあたりであった。

ところが行き着いてみると、すでに、長次郎の亡骸《なきがら》は番屋へ運ばれた後だった。

「馬鹿に早いな」

豪助は舌打ちした。

「わたし、番屋へ行く」

おき玖はそそくさと大川端を立ち去ると、番屋へと歩きはじめた。二人は先を歩くおき玖に付いていく。

「豪助、さっき、馬鹿に早いと言ったな。あの意味はいったい何なんだい」

季蔵は訊かずにはいられなかった。

「近頃、奉行所の役人は手抜きだってえことよ。人が死んでもろくに調べもしねえってえ、評判なんだよ」

「ふーん」

「何でも、千代乃屋《ちよのや》ってえ人形屋の若旦那が、突然、厠《かわや》でぶったおれた時も、あっさりと、卒中だってえことになったんだと」

「卒中ではなかったのか？」

「若旦那に卒中はふさわしくねえ。聞いた話じゃ、首に刺し傷があったって……。いい加減だぜ、お上はよ」

「おい、それはほんとうなのか」

季蔵がつい声を荒げた。捨てた身分ではあっても、季蔵も元は侍である。お上に落ち度があるとは思いたくなかった。

「兄貴は信じたかねえかもしんねえが、ほんとだぜ」

豪助はめずらしく季蔵を睨《にら》んだ。

「ところで……」

季蔵は先を行くおき玖をちらりと見て、声をひそめた。

「まさか、相対死《あいたい》にでは……」

「心中のことかい？　女の骸《むくろ》はなかった。死んでたのはとっつあん一人だ」

「そうか」

季蔵はほっとした。せめてもの救いと思われた。これ以上、おき玖を悲しませたくない。

自身番屋は腰高障子の引き違え二枚で、一枚には〝自身番〟と書かれていて、入口の柱には短冊型の柱行灯が掛かっている。中には、畳敷きに火鉢、茶飲道具が置かれていて、岡っ引きの松次《まつじ》と同心の田端宗太郎《たばたそうたろう》が陣取っていた。長次郎の骸は、この奥の腰高障子で仕切られた板敷にあるはずであった。

「おとっつあん、おとっつあんに会わせてください」

と叫んで、おき玖は番屋に走りこみ、

「塩梅屋長次郎の娘き玖です。父を迎えにまいりました」

と気丈に名を名乗った。

「娘か」

同心の田端宗太郎がぽつりと言った。痩《や》せぎすの長い身体を刀にもたせかけて、うつらうつらと舟を漕いでいたところであった。青白い細面《ほそおもて》の顔で、どんよりと澱《よど》んだ目をしている。そろそろ三十に手が届く年の頃は、季蔵たちとあまり変わらない。だが、まるで生気が感じられず、骸骨《がいこつ》が居眠りをしているように見えた。

「会わせてやれ」

田端に命じられ、岡っ引きの松次は、実直そうな金壺《かなつぼ》まなこの四角い顔で、

「へい」

と答えると、腰高障子を開け、屈み込んで骸を被《おお》っていた筵《むしろ》を取った。

横たえられているのは、まぎれもなく変わり果てた長次郎だった。

「とっつあん」

「とっつあん」

季蔵と豪助は口々に叫んで、長次郎にとりすがろうとした。

その時である。立っていたおき玖の身体がぐらりと揺れた。

「こりゃあ、いけない」

気がついた松次がおき玖を抱きとめようとすると、

「それには及ばねえ」

豪助が肩を支えた。

「いけないね」

やはり、また、田端はぽつりと言った。

季蔵は長次郎の骸を見ていた。首の後ろに刺された傷痕《きずあと》があった。血が付いていないのは、刺された後、川に投げ込まれたからにちがいなかった。

「とっつあんは殺されたんだ」

季蔵の言葉に、

「ほんとうかよ」

豪助は目を瞠《みは》った。

おき玖は、

「おとっつあん」

長次郎にとりすがって、おいおいと泣きはじめた。

白くふやけた傷口に手を当てて、

「口惜《くや》しい、口惜しい、おとっつあんが殺されたなんて、口惜しくてたまらない」

さらに泣き声を高くした。

「詮議《せんぎ》は進んでいるのでしょうね」

季蔵は田端に訊いた。

「詮議とはいったい何のことだ」

田端はふわりと一つ、あくびを洩《も》らした。

「塩梅屋長次郎を殺《あや》めた下手人探しですよ」

「塩梅屋が殺されたと?」

田端はふわふわと笑って、

「馬鹿を言っては困る。塩梅屋は覚悟の死じゃ。間違いない。何か、思いつめることなどあったのだろう」

またあくびをした。

すると、おき玖がぴたりと泣きやんで、

「そんなこと……」

険しい目で田端を睨んだ。

「たしかに刺し傷があったぜ」

豪助は、どすの利いた声を出し、

「首の後ろを自分で刺すことはむずかしい」

季蔵は言った。

「たしかにな」

そうは答えたものの、田端はうなずかず、

「だが、むずかしいというだけのことだろう。この場で、断じてできないと証《あかし》が立てられるのか」

意外に鋭い物言いをした。

思わず、季蔵と豪助がたじろいだ。

「立てられますとも」

おき玖は叫ぶように言い、

「きっと立ててみせますよ。あのおとっつあんに思いつめることなんぞ、あったわけありません。あたしが、必ず、証を立てます。草の根を分けても下手人を探し出します。そうしなきゃ、おとっつあんが浮かばれませんから」

一歩も退かぬ勢いで田端を見据えた。

「そうか。ならば勝手にしろ」

田端はあっさりとうなずき、

「奉行所としての詮議はしないと決まった。塩梅屋の骸、引き取ってもらいたい」

と続けた。

おき玖はぐいと思いきり顎《あご》を引くと、

「言われなくても、そうします。こんなところで、犬や猫のように放《ほう》っておかれるなんて、たまったもんじゃありませんからね。お役人はご存じないでしょうが、江戸日本橋通じゃ、父塩梅屋長次郎はちっとは聞こえた料理人なんです。相応の弔《とむら》いがいるんですよ」

大声で啖呵《たんか》を切った。

「その通りだぜ」

豪助が加勢して、大きく季蔵はうなずいた。

「そうだ。おとっつあんとの約束を思いだした」

おき玖は一度家に戻ると、長次郎が自らあつらえてあったという白装束と、手拭《てぬぐ》いに手《て》桶《おけ》を持って戻った。

「おとっつあん、人は家から一歩でりゃ、何があるかわからないって、いつも口癖で言ってたのよ。もし、行き倒れなんかになったら汚れたままになる、怪我《けが》で逝《い》ったら血も付いているだろう、それだけは嫌だって、万一のことがあったら、早く着替えさせてくれって、そればかり……だから……」

こうして、長次郎の骸はおき玖の手によって清められた。

豪助は、

「とっつあんはよ、大川と猪牙が好きだったぜ」

大八車ではなく猪牙舟に長次郎を乗せて、漕ぎだした。

川底の生き物たちにも、ひそやかに春は訪れてきているせいだろうか、川風は冷たさの中にゆるりとした温かさを含んでいる。

「たしかに、おとっつあん、今時分の川遊びが好きだったわね。春は、水、空、風、どんなものにも、過ぎない、慎ましやかな勢いがあるって……」

おき玖は呟いて泣き崩れた。猪牙舟の中の長次郎は眠っているかのように見えて、たまらなくなった二人は、各々《おのおの》声を出さずに泣いた。

木原店の塩梅屋に戻ると、すでに布団はのべられてあった。季蔵と豪助は長次郎の骸をそっと布団の上に横たえ、おき玖は飯を盛り箸《はし》を立てた飯茶碗《めしぢゃわん》を枕元《まくらもと》に置いた。

「おとっつあんの一張羅よ」

二階に上がったおき玖が簞笥《たんす》から黒紋付きを出してきて、夜着の上にそっとかけた。五つ紋の付いた黒紋付きは礼装であり、長次郎は建前や婚礼の席などの祝い事、仏事などがあると、必ずこれを着た。おき玖は黒紋付きを、逆さまに、衿《えり》が足元に、裾《すそ》が頭にくるようにかけている。

「あの世は現世とは何もかも逆さまなんですって」

「おっと、忘れるところだった」

気がついた季蔵は厨《くりや》へ下りて、長次郎が使っていた出刃包丁を持って戻った。料理人の長次郎には包丁に並々ならぬこだわりがあった。中でも魚をおろす出刃包丁となると、刃先が撓《しな》ったり曲がったりしていないものをと、鍛冶屋に頼んで特別にあつらえさせていた。

普段は温和な長次郎だったが、包丁の研ぎにはうるさく、時には、険しい顔で研いだばかりの包丁を研ぎ師に突き返し、相手が真っ青になって冷や汗を流すこともあった。

普通、通夜では、悪霊祓《ばら》いのためにと、骸の近くに鎌や鉈《なた》が並べられるのが常だったが、長次郎に限っては、三角形の刃がずしりと重い出刃包丁の方がふさわしいように思われたのだ。

「その方がおとっつあん、きっと喜ぶわ」

おき玖は何度もうなずいて、目をしばたたかせた。

その後、季蔵とおき玖は、通夜に振る舞う精進料理の煮炊きに忙しかった。この日、豪助は猪牙舟を漕がずに、線香や灯明などの調達を一手に引き受けてくれた。

季蔵は案じたが、

「猪牙はいつでも漕げる。けど、とっつあんを見送ることは、今日、明日までだろ」

豪助は目に溜《た》めた涙を隠すようにうつむいた。

「ちょっと聞いてほしいことがあるんだけど」

一息ついたところで、おき玖が切りだした。

「おとっつあんのことなんだけど、妙なこと言ってて……」

季蔵と豪助は思わず顔を見合わせた。

——おき玖ちゃん、まさか、あのことを知ってたんじゃ——

季蔵はどきりとした。

おき玖はさらに、

「二日くらい前だったかしら。おとっつあん、あたしに、二人の男に好かれたことはないかって、訊いてきたのよ。ないこともないって、あたしが答えると、想ってもいない男に、横恋慕で、どうにかされようとしたら、女はどうするものかって言うのね。それで、あたしは、〝好きな男のためなら、もちろん、誰にも汚させやしない、死んでもいい〟って答えたのね。そうしたら、おとっつあん、〝そうかあ、女ってえのはえれえ、すごいもんだな〟って言って、しばらく、考えこんでたの。あんなおとっつあん、見たの、はじめてだったわ」

四

おき玖のこの話を聞いた豪助は、

「俺は妙な話でもねえと思うぜ。とっつぁんは、年頃のおき玖ちゃんが心配になっただけのことだよ、きっと」

さらりと言ってのけたが、おき玖は、

「そういう様子じゃなかったのよ。知り合いの娘さんに、そういう境遇の人がいるんじゃないかとふと思ったの。その人のことが気になってしようがなくて、似た年頃のあたしに訊いたんじゃないかしら」

そういって何度も首をかしげた。

それからしばらくして、塩梅屋の戸口には、鬼簾《おにすだれ》がかけられ、魚鳥止め《ぎょちょうど》と書かれた紙が貼られた。鬼簾とは伊達《だて》巻《ま》きなどを作る時に使う大きな巻きすで、竹の一本一本が太く三角になっている。魚鳥止めとは忌中の意味である。

暮れ六ツには弔問客が訪れはじめた。天麩羅屋、蕎麦屋、汁粉屋など、塩梅屋のある新道の店主や常連客たちが、待ちかねたように通夜の席を暖めていく。

義理づきあいの重い店主たちは、どうか、気を落とさないようにとおき玖を励ました後、

「さびしくなりますね」

「ほんとうに楽しいよい人でした」

「誰にもわけへだてがなくてね……」

「皆が仲良くできるようにと、いつも骨を折ってくれていました」

「学ぶところが多くて、わたしなんぞ、すっかり頼っていましたよ」

「ああいう人を人生の達人というのでしょうね」

「惜しい人ほど、早くに逝くとはこのことですな」

などと言って、人柄のよかった長次郎の急逝を静かに悼んで帰っていった。

一方、いの一番にかけつけた常連客の大工の辰吉《たつきち》は、店主たちが帰ったとたん、

「何でぇ、ここいらの奴はどいつもこいつも杓子《しゃくし》定規で気にいらねえ。俺りゃあ、もう、金輪際、かかあの切り干し大根なんぞ食べねえからな」

尖《とが》った声を出した。辰吉は煎り酒で和《あ》えた長次郎の切り干し大根が、何よりの好物であった。これを肴に、一本のちろりの酒を大事そうに飲んで長く居座る。女は子どもを生むたびに、亭主に銭を稼げと小言を言うばかりで、どんどん厚かましくなる、肥えるだけではなく、鈴を振ったような声が野太くなるという、辰吉の女房への愚痴話を、毎度長次郎はにこにこと笑って聞いてやっていた。そして、最後は、

「なに、辰さんのはのろけ話だよ。ほんとうは、可愛《かわい》い子どもに囲まれて、女房のおちえさんが作る切り干しを食べるのが何よりなのさ。女房の切り干しには粋な切れ味こそないだろうが、その分、飽きないはずだからね」

などと言って締め括《くく》った。

続いて訪れたのは、指物《さしもの》師の勝二《かつじ》と履物屋の隠居喜平《きへい》であった。指物師に弟子入りして、娘婿におさまっている勝二には、ここ何年間か悩みがあった。女房のおかいになかなか子ができなかったのである。

「あんとき、長次郎さんは黙って、精がつく白子ばかりたんと食べさせてくれた。おかげでおかいもそろそろ腹帯だ」

勝二はしみじみと言った。

懐に手をやった喜平は、桐で出来た上等の男物の下駄を一揃《ひとそろ》い出してきて、

「長次郎さんから預かっていたものだ。たしかに俺は助平爺《じじい》だよ。嫁の寝姿を覗《のぞ》いたこともあるし、掃除をしている小女《こおんな》の端折《はしよ》った着物の裾から見えた足を見て、鼻血を出したこともある。それで息子に意見されて隠居させられちまった。息子が言うには、〝おとっつあんが仕事を止《や》めないのは、女の足に触りたいからだ、そうに決まってる。そのうち、女の客に悪い噂が広まる、店のためにならない〟って。こたえたね。下駄の鼻緒をすげさせたら天下一品だと、俺は自慢だったからね。だからひどい、あんまりだって、つい、酔って長次郎さんに話した。そうしたら、長次郎さんは、〝俺はご隠居の助平も鼻緒をすげる腕も、変わりなく大好きだよ〟と言って、大事な下駄の鼻緒をわざと切って渡してくれて、〝俺が冥土《めいど》に行く時には、ご隠居のすげてくれた鼻緒の下駄で行きたいもんだ。それまで預かっていてくんな〟と……」

言葉を詰まらせて涙ぐんだ。

常連客たちが帰ると、

「俺たちだけじゃねえ、みんなとっつあんを慕ってたんだな」

豪助は言いかけて、

「ところで、〝鈴虫〟は来るのかね」

季蔵の耳に口を寄せた。

「とっつあんの想い人のことかい」

〝鈴虫〟は、豪助が、長次郎と若い女が出てくるのを見たという出会い茶屋の名であった。

「来てほしくはねえよな」

豪助は弔問客たちと挨拶《あいさつ》を交わしているおき玖の方を見た。梅で染めた茶鼠《ちゃねずみ》色の喪服を着たおき玖は背筋をぴんと伸ばし、唇を嚙《か》みしめている。かろうじて悲しみをこらえている様子が痛々しかった。

「けど、若けえ女のこった。わきまえなんぞありゃしねえだろう。噂を聞いて、ひょっこり、現れるかもしんねえな。

とっつあんがあの女に惚《ほ》れきっていたとしたら、夜、店が退《ひ》けた後で行ったのも、きっと、女のところだろう。だとしたら、とっつあんを殺めたのはそいつかも……。そう思わねえか」

季蔵に同意をもとめた。

「つまり、相手がとっつあんを疎《うと》ましくなったってことだな」

「そうさ。若けえ男ができたのかもわからねえし……」

「そうかな」

季蔵は首をかしげて、

「これといったわけはないが、俺にはそうは思えない。だから、豪助の見たという女は来るかもしれない。それと……」

言いかけて、

――想い人なんぞ、とっつあんにいたのだろうか――

さっきのおき玖の話を聞いて、その疑問が頭をもたげてきていた。

――おき玖ちゃんが感じた通り、とっつあんは、おき玖ちゃんと似た年頃の娘を案じていたのかもしれない。早まったことをするな、とその娘を説得していたのではないだろうか――

だとしたら、いかにも、人情に厚い長次郎らしかったが、わからないのは、どうして、出会い茶屋でなければならなかったのか、ということであった。

――出会い茶屋ほど秘密を守れるところはない。すると、恋路ではなくて、よほどのことが関《かか》わっていたのかもしれない――

とは思うものの、今のところ、すべては想像にすぎなかった。何の確証もない。

一方、季蔵の胸中を知らない豪助は、

「下手人でなきゃ、女は来るに決まってる。こりゃ、てえへんだ。おき玖ちゃんの前で泣かれでもしたら……」

おろおろするばかりだったが、幸いにもそれらしき女は現れず、夜更けて、弔問客が途絶えたところで、

「この先は、おき玖ちゃんに休んでもらって、二人で寝ずの番をかって出よう」

季蔵が言いだし、

「兄貴、そりゃあ、いい考えだ」

しばらく笑わなかった豪助がにっこりうなずいて、

「おき玖ちゃん、疲れたろ。明日は早いぜ、少しは身体を休めてくんな」

と言って、まずは、おき玖を二階で休ませた。二人は、座敷に横たえられている、長次郎の亡骸を挟んで座った。

「酒でも飲みますかい」

豪助に誘われたが、

「そんなことをしたら、眠っちまうよ」

季蔵は目覚ましに白湯《さゆ》を飲んだ。思えば、昨夜は煎り酒作りに熱中して、あまり、よく寝ていなかった。それが響いて、今になって、ぐいぐいと眠気に襲われていた。

「ごめん」

戸口を開ける音がして、野太い声が響いた。

「いけねえ」

酒を一口飲んだところで、うとうとしはじめていた豪助が跳ね起きると、すでに季蔵は戸口で声の主を迎えていた。

「入るぞ」

侍は大声で言い放つと、ずかずかと上がりこんできた。上質の黒紋付き姿である。年の頃は四十ほど。ぎょろりとした目の巨漢であった。

そのせいもあって、あたりを威圧するかのような雰囲気を備えていたが、不思議に居丈高ではなかった。春の風のような温かさがあった。鼻の頭にはうっすらと脂汗が滲《にじ》んでいて、旺盛《おうせい》な生命力を感じさせた。

──何者なのか──

季蔵は男の腰に差している二本の刀をまじまじとながめた。名だたる名刀であった。ちらりと印籠《いんろう》が目に入って、思い当たり、

──もしや。だとしたら、とうてい、料理屋の主などの通夜に訪れる御仁ではないが──

一瞬、印籠を見間違えたと恥じたが、やはり見間違えではない気がして、思いきって、

「ここは塩梅屋長次郎の通夜の席でございます。お訪ねになる先をお間違えになったのではありませんか」

相手に訊いてみた。

「いや……」

侍は鼻の上の汗を手の甲で拭って、

「塩梅屋長次郎の通夜と知って、わざわざこうして来たのだ」

と言い、

「ほれ、これは長次郎の好きだった下り酒よ。ほっほっほ」

笑いながら、手に提げていた大徳利をかざして見せた。

さらに侍は、長次郎の骸に手を合わせた後、目を細め、

「酒は供養だ、清めにもなる。どうじゃ、一緒に飲まんか。飲まぬと長次郎の供養にならんぞ」

季蔵と後ろに控えていた豪助を誘った。

こうして二人は、はじめて会ったばかりの侍と、酒を酌み交わすことになった。

侍は、

「あの長次郎は臍曲《へそま》がりでな、当世、猫も杓子も灘《なだ》、灘というのが気に入らん、酒は伊丹《いたみ》に限るといっておったな」

などと言っては、その伊丹を飲み、季蔵の作った精進揚げや、こんぶとこんにゃくの煮付けを口に運んだ。

――たしかにその通りだったが、どうして、この人はとっつあんのことを、そこまで知っているのか――

季蔵は不思議でならなかった。

そして、酒に強いその侍は、空が白みはじめるまで飲み続け、酔い潰れてしまった豪助の身体をまたぐようにして立ち上がると、

「そちのことは長次郎から聞いている。鷲尾《わしお》の家中の者だったことも な。いずれ、わしも、

名乗ることもあるだろう」

謎《なぞ》のような言葉を残して去ろうとした。

五

聞いた季蔵は慄然《りつぜん》とした。

——鷲尾家の家中にいた話など、とっつあんにしかしたことがない。この侍はなんで知っているのか——

たまらずに、

「お待ちください」

と男の背中に声をかけた。

「尖った声だな」

振り向いた男は大きな目を瞠った。

「わたしが鷲尾の家にいたことまで、ご存じとは聞き捨てなりません。いったい、亡き塩梅屋長次郎とあなた様とは、どういう間柄なのですか」

季蔵は、心にわだかまっていた疑問を吐き出した。

「古くからの友だ」

「ただの友とは思えません」

すると相手は自分の印籠に目を落として、

「なるほど、そちならば、家紋にもくわしかろう。隠せなんだ」

ほっと笑った。

季蔵はためらわずに、

「あなた様は北町奉行烏谷椋十郎《からすだにりょうじゅうろう》様なのでしょう」

ずばりと言い切った。

「いかにも」

相手はうなずくと、

「それがどうした」

覚悟を決めた様子で、季蔵を正面から見据えた。

「長次郎の骸には刺し傷がありました。殺められたのです。同心は詮議をせず、長次郎が自分で死を選んだのだと、見え透いた嘘《うそ》をついています。北町奉行のあなた様が言わせた嘘なのだとしたら、とっつあんが殺されたわけも、あなた様がご存じではないかと思ったのです」

答えた季蔵は、臆することなく、烏谷椋十郎の脂ぎった顔を見つめた。

「なるほどな」

烏谷は感嘆して、

「たしかに長次郎の申していた通りの逸材だ。こやつは詮索が上手《うま》い」

独り言のように呟いたかと思うと、季蔵に、

「つまり、そちはわしが長次郎を殺させておいて、本人にまちがいないかどうか、骸を確かめるために、こうして、通夜の席に出かけてきている、そう言いたいわけだな」

と苦い顔で言った。

一瞬、言葉に詰まった季蔵だったが、

「その通りです」

認めるしかなかった。

すると烏谷はにやにやと笑い出して、

「正直すぎるが、まあよいよい。ま、おいおい、多少の狡猾《こうかつ》さも身につくことだろう」

また、謎のようなことを言い添えた。

いらいらしてきた季蔵は、

「もう一度伺います。あなた様はとっつあんと、いったい、どういう関わりをお持ちなのですか」

同じことを訊いた。

「この男はそちと同じ侍だった。隠れ者の一人で、塩梅屋長次郎と仮の名を名乗っていた」

にわかに季蔵は信じられなかった。言葉つきといい、髷《まげ》、身のこなしといい、どこから見ても、長次郎は町人そのものだったからである。

「長次郎の生まれが侍だったなどと、疑う者は一人もいなかったはずだ。何しろ、もうかれこれ、三十年は町人の姿で生きてきたからな」

　そこまで言われても、やはり、まだ、合点がいかなかった。烏谷は話を続けた。

「実をいうと、わしもはじめは、長次郎がお上の役目を帯びているとは、とても、信じられなかった。美味い物を食わせてくれる、人のいい、料理屋のおやじにしか見えなかったのだ。だが、下で働いてもらううちに、そうでないことがわかった。長次郎は料理にも長《た》けていたが、わしが知る隠れ者の中では、一番の切れ者だったのだ」

「とっつあんはいったい、どんな仕事をしていたんですか」

「一言でいえば、格別な密偵だ。わしとつながっていた。表だっては詮議できない沙汰《さた》を調べてもらっていた。市井に限らず、時に、旗本、大名家までもが、長次郎の仕事場になった。町方は武家に立ち入ることができぬゆえな。料理人の長次郎ならどこへでも、もぐりこめる」

「それでとっつあんを塩梅屋長次郎にしたんですね」

　季蔵は棘《とげ》のある言い方をした。万が一、潜入先で正体が発覚したら、即刻お手討ち、亡骸とて犬にでも食わされかねない、危険この上ない役目である。

「まちがってもらっては困る。わしが長次郎を隠れ者にしたのではない。すでに長次郎は二足の草鞋《わらじ》を履いていた。表だって裁くことのできない悪を懲らしめたいという、わしの話を聞いて、少しばかり、熱心に肩入れしてくれるようになっただけのことだ」

　烏谷は心外だといわんばかりに言った。

「けれど、そのせいで、とっつあんは殺されたんですよ」

知らずと季蔵はこめかみに青筋を立てていた。

「そちは長次郎がお役目ゆえに殺された、と信じているようだな」

そういった烏谷は少しばかり、悲しそうな表情で呟いた。

「その方がよかったのかもしれぬな。わしもいくらか諦《あきら》めがつく」

うつむいてしまった。

嘘をついているようには見えなかった。

「じゃあ、とっつあんは、お役目以外のことで、誰かに恨みをかって殺されたというわけですか」

季蔵に訊かれて、

「まあ、そういうことになるだろう」

と烏谷はぽつりと答えた。

「何か、心当たりはありませんか」

「うーむ」

腕組みをして、しばらく考え込んでいた烏谷は、ふと思いだして、

「そういえば、正月にわしがここの離れに来た時、長次郎は、そろそろ役目を下がりたい、その前に見届けたいことがあると言っていた……」

「何を見届けると？」

「いや、それは言わなんだ。ただ、話はその後、八丈島に及んだ」

「流人の島について何と？」

「何でも、長次郎は若い頃、娘の治療代欲しさに盗みを働いた男を捕まえて、島送りにしたという。大工だったその男は、怪我が元で大工の仕事ができず、やむにやまれず、盗みをしたのだ。怪我が治りきらぬまま、島送りになった男は、一年もたたずに死んでしまった。長次郎はそれを悔いていた。島送りになって、生き延びられるのは、よほど身体の強い者と決まっている、今なら、娘のためにも、見逃してやったのに……とな。わしは長次郎が見届けると言っていたのは、島で死んだ大工の娘のことではないかと思う」

「なるほど」

そう考えれば、長次郎が出会い茶屋で、娘のような女といたことも説明がつく。長次郎はとうとう大工の娘を探し当てていたのだ。

しかし、娘は二人の男に想われ、一方に横恋慕されて悩み苦しんでいた……。長次郎が見届けると洩らしたのは、この娘の幸せだったにちがいない。長次郎は娘の成長を目にすることなく死んだ、大工の父親に代わって、何としても、その娘を幸せにしなくてはならないと思い詰めていたはずだった。

――いかにも、とっつあんらしい情のかけ方だ――

季蔵は晴れた気持になった。すると、

「何か思い当たることでもあったのか」

烏谷はじっと季蔵を見つめた。さすが、奉行である。わずかな表情の動きも見逃さない。

「いいえ」

季蔵は首を振った。

やはり、まだ分からないことが多すぎた。

娘の名も、そして、なぜ、よりによって、二人は出会い茶屋に入らなければならなかったのかも……。

六

北町奉行烏谷椋十郎が戸口の外へ消えてほどなく、

「寝ずの番、わたしが代わるわ。少し季蔵さんも休んでちょうだい」

二階からおき玖が下りてきた。眠れたはずもなく、思いつめた表情で目が赤かった。

豪助が長次郎の亡骸にとりすがって、そのまま眠ってしまったのか、高いびきをかいているのを見て、

「春の夜はまだ寒いのに……」

夜着に逆さにかけてあった紋付きを手に取って着せかけた。

「いいんですか」

亡骸に紋付きを逆さにかけるのは、通夜の儀礼のようであった。

おき玖は、

「おとっつあんね、季蔵さんと豪助さんが、そりゃあ、そりゃあ好きだったのよ。うちには男の子がいないから、まるで、ほんとの息子みたいだって。季蔵さんは出来のいい長男で、豪助さんはやんちゃな次男坊。親には分け隔てなく可愛いもんだって言ってた。だから、きっと、二人がこうしていてくれてるの、とっても喜んでると思う。心配性だったおとっつあん、豪助さんに風邪《かぜ》なんてひかせたくないはずよ」

と言って、笑顔を作りかけたが唇が震えて、

「みんなこんなにおとっつあんのこと、想ってるのに、大好きだったのに、なんで死んじまったのよ、おとっつあん。なんでよ。おとっつあんの馬鹿、馬鹿、馬鹿」

うつむいて啜《すす》り泣いた。おき玖の肩が震え、泣き声は高くなった。そして、とうとう、おいおいと大きな声をあげて、崩れ落ちるようにしゃがみこんでしまった。季蔵も知らずとおき玖の横に腰を屈めていた。肩に手をかけて慰めようとしたが、なぜか躊躇《ためら》われ、言葉もなく、泣いているおき玖を見守っていた。

――今までおき玖ちゃんは、人前で気丈に振る舞ってきた。だから、今は、うんと泣くのがいいのかもしれない――

ひとしきり泣いた後、

「さっき、こんなものを見つけたの」

おき玖は襟元から畳んだ柿色の和紙を出してきた。

「見てちょうだい」

紙を開くと、そこには、長次郎の字で、

〝弥生《やよい》三日午《ひる》、雛の鮨弐拾、千代乃屋へ〟

「これは仕出しの注文ですね」

「そう、でも、もう、おとっつあん、これを届けることはできないのね」

おき玖の目にまた涙が湧《わ》きかけた。

「おとっつあんは仕事熱心だった。だから、無念だろうって思うんだけど、こればかりはどうしようもないわ」

「弥生三日といえば今日です。とっつあんに代わって、届けることはできますよ」

「まあ、今から？」

「できないことはありませんよ。午までにはまだ間があります」

そう意気込むと季蔵は厨《くりや》へ向かった。雛の鮨とは、塩梅屋で作る雛祭りの鮨弁当のことである。どうということのない五目鮨だが、隠し味の煎り酒が利いていて、さすが塩梅屋の味は粋だと、注文をくれる客がいた。千代乃屋の主もその一人なのだろう。

「休んでいてくださいよ。眠れなくても、身体を横にしているだけで違いますから」

季蔵はそういったが、おき玖は手伝うと言い張ってきかず、

「その代わり、とっつあんの野辺送りは、豪助とおき玖ちゃんでお願いします。わたしは午までに鮨弁当を千代乃屋に届けないと……、とっつあんも成仏できないでしょうから」

と説得すると、しぶしぶ、おき玖は二階に引き上げていった。

季蔵はまず、酢飯にする米を丁寧に研いだ。少しでも糠《ぬか》の匂いが残っていると、せっかくの煎り酒の風味が損なわれる。卵と相性のいい煎り酒は錦糸玉子にも忍ばせた。季蔵は一人で鮨弁当を作り上げた。

菩提寺《ぼだいじ》へ向けての出棺《しゅっかん》は早朝である。

「うーん」

と唸《うな》って頭を押さえながら、目を覚ました豪助は、二日酔いの苦い顔で、

「いけねえ、俺としたことが……立派な身なりのえらく活きのいい侍が来て、酒を飲んだとこまでは覚えてるんだが……」

愚痴まじりに呟くと、そばにいたおき玖が、

「立派なお侍、そんなお方、いつ、見えたの？」

いぶかしげな顔をして、あわてて、季蔵は豪助に向けて片目をつぶって見せ、

「豪助のことだ、おおかた夢でも見たんだろうよ」

話を止めた。長次郎が隠れ者で、奉行の手先だったという事実は、出会い茶屋で見かけたという話以上に重いものだった。娘にも隠し通していた、生涯の秘密である。父親を失って悲嘆にくれているおき玖に、さらなる痛手を負わしたくなかった。

「そうか、そうだったかもしんねえ」

豪助はわかったという合図に片目をつぶった。

季蔵は長次郎の柩《ひつぎ》を見送ると、千代乃屋のある日本橋の長谷川町へ二十もの雛弁当を手に向かった。

──豪助の話では、千代乃屋の若旦那も首を刺されて死んでいる。とっつあんと同じだ──

季蔵はこの符合が偶然とは思えない。

──とっつあんが奉行の言う通りの仕事をしていたとしたら、卒中だと偽られた若旦那の死に、疑いを抱き、千代乃屋に雛の鮨を売り込むふりをして、様子を窺《うかが》いに行ったのでは。下手人の目星がついたところで、正体を相手に悟られ、口を封じられてしまった──

そこまで考えると、季蔵はかっと全身の血が燃え立つのを感じた。

──とっつあんの仇《かたき》、何としても取ってやるぞ──

長谷川町はそこはかとなく華やぎの感じられるところである。その昔、人形芝居の小屋があり、今では人形を作って売る家が多い。中でも元禄の頃から続いている千代乃屋は、顧客に大店《おおだな》の主や諸大名家などもいる老舗《しにせ》の最高峰であった。店の構えも広く、早春の陽《ひ》の光はまだ弱いが、人形は陽を嫌うので、道に面している広い間口に、〃千代乃屋〃と染め抜かれた紺のれんが掛かっていた。庭には今が盛りの桃の花が芳《かんば》しく咲き誇っている。

──この店に必ず手がかりがあるはずだ──

そう意気込んだ季蔵は、

「塩梅屋でございます」

声を張り上げ店の敷居をまたいで土間に入った。

「雛鮨をお届けにまいりました」

すると、店先で客の応対をしていた若い主が眉をひそめて、

「届け物なら裏へまわってもらってくれ」

居合わせた手代《てだい》に顎をしゃくった。

「こっちへ」

手代が厨に続いている裏口へと案内してくれた。

その手代は首をかしげて、

「いったい誰が頼んだんだろう」

味がいいので知られている塩梅屋の雛弁当を、涎《よだれ》を垂らさんばかりにまじまじとながめた。

「旦那様ではないんですか」

この時季、人形屋では顧客を呼んで、店に代々伝えられている、古式ゆかしき雛人形の名品を披露し、仕出し屋の弁当などで厚くもてなすことがあった。

「あんなことがあってから、お年だった旦那様は寝ついてしまわれた」

「あんなことって？」

間髪を容《い》れず季蔵が訊き返すと、しまったという顔になった手代は、

「いや、何、なんでもない」

とあわててごまかした。

そこで季蔵は話の矛先を変えることにして、

「さっき、お客様とお話ししていた方、あの方が旦那様だとばかり思いましたよ」

「いいえ、あれは若旦那様です」

「そうだったんですね」

うなずいて見せた季蔵は、

――若旦那は厠で死んだと聞いている。すると、店にいたのは新しい若旦那だ。兄が死んで弟が若旦那になったのだろう。八丈島で果てた大工の娘は、この兄弟に好かれていたのかもしれない――

それを確かめたくて、

「ところで、ついこの間まで、この店で働いていた若い娘を知りませんか」

不用意にもずばりと核心に触れた。相手はぎょっとした顔になって、

「あんた、お手先なのかい」

警戒した目色になって、

「わかった、それで、誰も頼んでない雛餡なんかを持ってやってきたんですね」

今にも飛びかかってきそうな血相に変わっている。

「何をおっしゃいます。わたしは、ただの料理人、塩梅屋長次郎の使いの者でございます。

ただね、ここにいた娘がたいそう綺麗《きれい》で、まるで人形のようだという噂を聞きましたんで、観音様代わりに拝めるものなら、拝んでみたい……ふと、そんな助平心が起きただけのことでございます」

と言いのがれ、

「なにせ、春でございますからね。春風にそよぐ柳の下で鳴きたくなるのは、猫だけではございますまい。ははは」

笑って戯《ざ》れ言を言ってもみたが、相手は距離を縮めるのをやめただけで、

「ちょいと待っていなさい。いいですか、そこを動くんじゃありませんよ」

裏木戸を入って厨の土間へと季蔵を押し込むと、ガラッと音をたてて勝手口を閉め切った。

七

「あら、塩梅屋さんじゃないの」

土間で立ち働いていた小女の一人が季蔵に気がついた。

「今日は若い人なのね」

季蔵と提げている雛鮨の折り詰めを、ちらちらと交互にながめた。

「旦那様のおはからいですね、きっと」

もう一人が言った。

「今日は雛祭りですものね。番頭さんからお話がないんで、今年は雛鮨をいただけないものと諦めていたのにね」

と後からもう一人、土間に下りてきた年増女《としま》が、うれしそうに言った。小女は三人になった。

「いつものことだもの、お忘れではなかったのよ」

土間にいた小女の一人は、

「この店じゃ、毎年、弥生の三日、女たちだけに雛鮨が振る舞われるんですよ。午に間に合うよう、塩梅屋さんが運んできてくれるんですけどね……」

季蔵に向かって笑顔を見せかけたが、

「でも、どうして、今年は年のいった塩梅屋さんじゃないのかね。病でも患っているの?」

長次郎の身の上を案じた。

「ちょっとね……身内に不幸がありましてね」

この場で事実を告げるのは憚《はばか》られた。小女たちは雛鮨を食べられるとあって、こんなにも無邪気に喜んでいる……水を差したくなかった。女たちには屈託も涙もなく、ただただ美味《おい》しく雛鮨を食べてもらいたい。死んだ長次郎もきっとそう願っていることだろう。

「それじゃ、これを」

季蔵は鮨折を渡して、

「女の人ばかり二十人、いいながめでしょうねえ」

世辞を言ってみてから、

「ほんとうに二十人なんですか。足りないと申しわけないですよね」

注意深く探りを入れた。

「大丈夫、一つ余るはずだから」

こともなげに年増が言い、

「おじょうさんはもうおいでにならないもの、神隠しにあって……」

若い方の一人が呟くと、

「しっ。滅多なことを言うものではないわよ」

あわてて年増がたしなめた。

聞いた季蔵は、心の中で手を打ち、

――出会い茶屋にとっつあんといたのは、ここのおじょうさんだったのだ――

と確信したが、

「そうですか。たしかにおじょうさんもお内儀《かみ》さんも、皆さんと同じ女の人ですね」

わざと惚《とぼ》けた言葉を口にした。

「お内儀さんは亡くなって、おいでにならないのよ。もう十年も前のことになるけどね」

年増はさらりと言ってのけ、

「そうそう、雛鮨が来たことを番頭さんに話してこなくては……」

土間から上がって店の方へ行った。

若い方の小女は、水汲み桶を持って井戸へ行った。もう一人の小女はじっと折り詰めを見ている。

いちか、ばちかだが、季蔵は覚悟を決めて、

「ちょいと用が足したくなっちまいましてね」

聞き慣れている豪助の口調を真似《まね》た。

「それなら……」

急に赤い顔になった小女は、勝手口から厠《かわや》へと季蔵を案内して行った。厠は家の脇にあって、秋にはよく香るであろう金木犀《きんもくせい》と大きな葉が日差しを防ぐ楓《かえで》の木が植えられていた。

「見つからないようにしてくださいね。あたしが叱られますから。済んだら、すぐに帰ってください」

そういって顔を真っ赤にした小女は、厠の前に季蔵を残して、足早に立ち去って行った。

季蔵はその小女の後ろ姿に手を合わせたい気分であった。

もとより、用を足すために厠に案内させたのではない。

――前の若旦那が卒中ではなく、首を刺されて殺されたのだとしたら……。厠の中は狭い、必ず、どこかに血の痕があるはずだ――

それを見つけたかったのである。

素早く中に入った季蔵は、板塀、板戸といわず、血の痕はないかと、食い入るような目

で調べていった。

寄せ木細工風に貼《は》り合わせてある、板塀の繋ぎ目にまで、じっと目を凝らしたが、血の黒い滲み痕は見受けられない。

――よくも、くまなく拭き取ってくれたものだ――

半ば諦めかけたが、

――しかし、首を刺したとしたら、かなりの血が飛び散るはずだ――

思い直してもう一度板塀を調べてみようとしていると、突然、ぽとりと上から滴《したた》るものがあった。赤黒いしずくが手にかかってきた。

季蔵は天井を見据えた。しずくは屋根から沁みてきている。厠のそばには楓の木があった。楓の大きな葉からこぼれた露が、屋根に落ちて、その下の天井板にまわり、角に固まっていた血の痕を溶かして、しずくになったのである。

――あった、とうとう見つけた――

季蔵はほっと息をついて、厠を出た。

しかし、そこに待ち受けていたのは、

「お待ちいたしておりましたよ」

つるりとした細面の小柄な男であった。物腰が柔らかい。

「塩梅屋さんの方ですね」

「はい。わたしは、塩梅屋長次郎のもとで修業をしております、季蔵でございます」

季蔵が挨拶すると、

「手代や小女からいつもの雛餡を届けていただいたと聞きました。ありがとうございました」

笑みを含んだ顔で深々と頭を下げた。

「申し遅れました。番頭の義助《ぎすけ》と申します。塩梅屋の長次郎さんとは顔馴染《なじ》みでございます。旦那様があなたにお目にかかりたいといっておられます」

言葉つきは柔らかだったが、有無をいわせぬ強さがあった。

こうして季蔵は千代乃屋文左衛門《ぶんざえもん》の部屋に連れて行かれた。人形店の主にふさわしい、桜色と薄紫を基調とした、上品な色彩の夜具がのべられ、床の間には、人形の肌を想わせる李朝の青磁の壺《つぼ》が飾られている。

文左衛門は初老の痩せた老人で、茶羽織を引っかけて、臥《ふ》せっていた布団の上に、やっとやっと起きあがっていた。顔色はひどく悪い。その文左衛門に近づいた義助が何やら耳打ちすると、

「厠を……」

驚いた文左衛門は目を血走らせて、

「ほんとうか」

と呟き、義助がうなずくと、射るように目の前の季蔵を睨みつけた。

一瞬、季蔵は怯《ひる》んだ。

すでに冷や汗が流れている。

一方、文左衛門は、

「季蔵さんというそうですね。忘れずに雛鮨を届けてくれて礼を言います」

義助と同じ礼を、目つきとはうらはらに柔らかい声で言った。

「とんでもありません。長次郎が書き置いた通りにお届けしただけです」

「書き置いたとおっしゃると、長次郎さんは……」

相手の眉が不安げに曇った。

「昨日、突然、亡くなりました」

季蔵はずばりと言ってのけて、じっと文左衛門の顔を見据えた。どんな些細《ささい》な動きも見逃してはいけない。

「突然……ですか……」

もともと悪かった文左衛門の顔の色が、さらに真っ青に変わった。か細い身体がぶるぶると震えだした。

「旦那様。お疲れが出たのですね」

義助が案じて、主の背に手をかけて寝かせようとすると、

「いらぬことだ。おまえはわたしの言う通りにしておればよいのだ」

文左衛門は義助の手をうるさそうに振り払うと、かっと見開いた目で義助を睨みつけてから、

「塩梅屋さんは殺されたのですね」

意外に落ち着いた様子で季蔵に念を押した。

「そうでございます。まちがいありません」

季蔵は、大きくうなずいて、

「この家の厠で亡くなった、前の若旦那様と同じように、首を刺されて殺されたのです」

と言い切った。

「やはり……」

文左衛門はがっくりとうなだれた。

「そうでしたか……、あの長次郎さんまで……」

「いなくなってしまったという、おじょうさんのことを話していただけませんか」

季蔵は、長次郎と一緒にいたと思われる娘のことを訊いた。

「おじょうさまは神隠しに遭われたのですよ。奉行所にもそのようにお届けしてございます」

あわてた義助は、取り繕《つくろ》おうとしたが、文左衛門は首を振って、

「もう、いい。お話しいたしましょう」

鋭い声で忠義の番頭を叱りつけると、季蔵の顔に目を据えた。

八

「長次郎さんは料理がお仕事のせいか、茶にも通じていました。あなたもそうでしょうね」

文左衛門は目色はおだやかに落ち着いてきていた。

「いえ、そこまでは……まだ修業をはじめて日が浅いので……」

戸惑った季蔵は、頭を掻《か》いた。

「そうですか。長次郎さんはわたしの差し上げる茶がお好きでした。どうです。一つ、長次郎さんを偲《しの》んで、わたしの点《た》てる茶を召し上がっていただけませんか」

「いただきましょう」

季蔵は覚悟を決めた。目的は茶を飲ませることではないかもしれない。

「それでは、場所を移っていただきます」

文左衛門が目配せすると、義助は無言で主に向かって頭を深く垂れた。

「ご案内いたしましょう」

季蔵は渡り廊下を歩いて離れに案内された。

「こちらは代々、大旦那となった方々の隠居所でございますが、よい炉のある客間に限って、客寄せに使っているのです」

——そうはいっても、料理屋の使用人をもてなす場所にしては、大げさすぎる——

季蔵は警戒を強めた。

義助が襖《ふすま》を開けた部屋は、炉が掘られていて、茶釜がしゅんしゅんと湯の煮える音を立てていた。

「茶室かと思いましたが……」

ふと、季蔵の胸に、長次郎は茶室で殺されたのではないかという疑いがよぎった。狭い茶室なら逃げ場はなく、容易に息の根を止めることもできそうだ。

「茶室もございますが、あまり使われません。旦那様は侘《わ》び茶よりも、お客様がたくさん集まられる茶会がお好きなのですよ」

義助は言い添えた。

客間にも雛人形があった。店先のものにも増して古式ゆかしく、堂々とした風格の逸品である。ふと気がつくと、季蔵が持参した雛鮨が供《そな》えられている。

「ほどなく、旦那様と若旦那様がおいでになります。お待ちください」

義助はそういって、茶碗や茶筅《ちゃせん》などを整えると、文左衛門の部屋へと迎えに行った。

「先ほどはすまない物言いをしましたね。許してください」

文左衛門よりも先に息子の若旦那が入ってきた。

「かまいません。わたしは塩梅屋の使用人にすぎぬ身です」

季蔵はへりくだって頭を下げた。

「わたしは文吉《ぶんきち》と申します。急な病で亡くなった兄の跡を引き継いでおります」

文吉は文左衛門によく似た面差しの若者だった。小柄な身体全体から野心がふつふつと湧き出てきている。老いて病んでもなお、精気が漲《みなぎ》っている文左衛門に似ているようだった。

「ということは、末は旦那様になられるわけですね」

「いえそれは……」

首は振ったものの、文吉はまんざらでもない顔になって、

「わたしは次男ですからね。亡くなった兄文太郎《ぶんたろう》のように、幼い頃から主になると決められて育てられたわけではありません。ですからまだまだ不慣れで、修業がいるのですよ」

と謙遜《けんそん》した。

「実は長次郎が亡くなりました、二日前のことです。殺されたのです」

季蔵は文吉の顔だけを見ていた。

「それは……」

言葉に詰まったものの、文吉の顔色はたいして変わっていない。

「それはそれはご愁傷様です。惜しい人を亡くされて、ほんとうに残念でしたね」

と下を向いた文吉は呟いた。

「こちらでも、惜しい方がいなくなってしまったはずです」

季蔵が尋ねると、

「お志摩《しま》のことをご存じなのですか」

文吉は顔を上げて目を瞠った。

「ええ。生前の長次郎が、こちらのおじょうさん、お志摩さんを案じる言葉を残していたのですよ」

出任《でまか》せを言った。

「お志摩は妹ですが、貰《もら》い子で、わたしたち兄弟とは血がつながっていないのです。それを知って兄は嫁にと望むようになり、嫌がった妹はとうとうあんなことを……。兄が卒中で死んだということにしたのは、こちらがご老中のつてを頼ってこしらえた嘘なのです。兄と夫婦になりたくない一心の妹が、厠で用を足していた兄を刺し殺したのですよ」

「すると、お志摩さんが想っていた相手というのは、若旦那、あなただったんですね」

季蔵が念を押すと、

「長次郎さんはそんなところまで……」

文吉はたじろいだ。

「ええ、書いてありました。二人の相手に想われて悩んでいると……」

「たしかに、お志摩は綺麗でしたから、兄でなくとも、男なら誰でも心は動いたでしょう。けれどもわたしは、お志摩は兄の嫁になるものと諦めていました。ですから、お志摩を口《く》説《ど》いたりしたことなど、ありはしないのですよ」

「そうですか。では、別に想い人がいたわけですね」

そういって、季蔵がその話を打ち切ったところに、義助に手を引かれた文左衛門が入ってきた。顔色は部屋にいた時よりもさらに悪い。

「まずは茶など召し上がっていただきましょう」

文左衛門の点前《てまえ》がはじまった。手による舞いを想わせる見事な手さばきである。文左衛門の手元には、春の花鳥が配された九谷焼の茶碗が三組置かれている。さっき、義助が整えたものであった。

「どうか、本日はさまざまな春をお楽しみください」

一番に茶をもてなされたのは季蔵であった。茶の入った茶碗は梅の絵柄である。次は桃で文吉、最後は桜で文左衛門という順序で、各々が異なる茶碗で茶を飲んだ。

――ただの抹茶にすぎぬような気がするが――

季蔵は警戒心をやや緩めた。

「お話をせねばなりませんね」

文左衛門の目は季蔵と文吉、両方に注がれている。

「お志摩は養女でした。亡くなった家内が女の子がほしいほしいと言っていた矢先、定町《じょうまち》廻《まわ》りで訪れていた長次郎さんが、父親が流人の身となってしまったという、小さかったお志摩を世話してくれたのです。それから、ほどなく妻は亡くなりましたが、お志摩は千代乃屋の娘として育ちました。長次郎さんはお志摩が気になって、嫁入るまでは、きっと、見届けるのだと言い、毎年、雛祭りになると、お志摩の顔を見がてら、雛鮨を女たちの頭数分、届けてくれていたのです」

と言って、一度言葉を切ると、

「お志摩は心の優しい娘でした。二人の兄に想われていることを知ると、たいそう悩んでおりました。わたしが順序だから、跡継ぎの文太郎に決めてほしいと言ったのです。お志摩は聞き届けてくれていました。ところが……」

すると突然、悪鬼のごとく、形相《ぎょうそう》を変えた文吉が、

「嘘だ、お志摩は兄貴じゃない、俺を想っていたはずだ。俺とお志摩は想いあっていたんだ。まちがいない。おとっつあんは、そうやって、いつも兄貴にばかりいいようにしてる。許せない」

大声をあげ、こめかみに青筋を立てて詰め寄った。

「そうか」

文左衛門はため息をつき、鋭い目で息子を見据えると、

「わかっていたんだぞ。おまえが文太郎を殺したんだ」

と言い切り、

「そして、今、想っていたはずのお志摩にその罪を着せようとしている。廊下でさっきの話は残らず聞いていた。自分が可愛いだけで、お志摩のことを真には想ってなどいないとわかった」

と語気荒く言った。そして、

「文太郎の死に方を表沙汰にしなかったのは、おまえを庇《かば》いたかったからだ。お志摩を想

うあまりにしたことだと……。だが、おまえは文太郎だけではなく、長次郎さんまで手にかけた。長次郎さんは気がついたものの、千代乃屋とわたしらのために黙っていてくれようとしたのに……。何でそんなことをしたんだ。言ってみろ」

凄《すご》みが加わった目で文吉を問いただした。

「あのじいさんがお志摩を連れ出して隠した上に、俺に説教しようとしたからさ」

文吉はせせら笑った。

「お志摩のことはわたしが頼んだのだ。あんなことを兄にしたおまえと、お志摩を添わすことはできない」

「余計なことを……」

舌打ちした文吉は、

「じいさんはたかが料理屋のくせに、この俺に向かって、文左衛門さんの親心に免じて罪を暴かないんだとか、何とか、えらそうな御託を並べやがった。我慢ならなかったね。それにじいさんがいなくなったら、俺のやったことを、どうのこうの言う者は、この世にもういなくなる。死人に口なしさ」

愉快そうに笑って、季蔵を見つめた。

「あんた、今、気分が悪いだろう」

「そろそろ気分が悪くなるのはおまえだ。わたしもそのうち悪くなる。一緒に冥土とやらにつきあってやる」

文左衛門は平然と言った。

「なに……」

文吉は文左衛門につかみかかろうとしたが、うっと呻《うめ》いて胸を掻きむしった。

「こいつさえ殺してしまえば、千代乃屋は安泰なのに……なんで……」

うずくまった文吉は苦しい息の下から言った。

「いいや」

文左衛門は大きく首を振って、

「千代乃屋の人形は皆、美しい。その姿に似て商う者たちの心も澄んでいなければならない。兄殺しなどを主にしたら、ご先祖様の罰《ばち》が当たる」

文吉同様、蒼白の顔で、苦しくなった胸を押さえている。

「これがわたしにできる、せめてものわきまえだと、あの世で長次郎さんに伝えるつもりだ」

と最後の言葉を言い残すと、座ったまま、がくりと首を垂れた。文左衛門を抱き起こした季蔵は、

「千代乃屋さん、千代乃屋さん」

必死に呼びかけたが、

「いいんだ、これしかない。これでいい」

と言って、季蔵に微笑《ほほえ》みかけると息がなくなった。意外におだやかな死に顔であった。

一方、断末魔の文吉は、うーっという獣じみた唸り声をあげて、胸を掻きむしりつつ、苦しんで死んだ。

後日、季蔵はこのいきさつについて、以下のように北町奉行の烏谷椋十郎に説明した。

「後で番頭の義助さんに聞いた話では、あの時、雛壇の前で、わたしをもてなして茶を飲み、とっつあんを偲ぼうなどと、急に言いだしたのは、文吉だったそうです。義助さんは文吉が茶筒に毒を仕込むのを見て、あわてて文左衛門さんに報《しら》せ、それを聞いた文左衛門さんは、自分たち親子の茶碗にだけ毒を塗らせたとのことでした。もちろん、毒入りの茶筒は使わずに……」

「心中を装って親が子を裁いたのだな」

烏谷は感慨深げに言い、

「これで文左衛門もあの世の長次郎に言い訳がたつ。まあ、仕方のない結末であろうな」

と続けた。

義助には文左衛門に託された、大きな約束がもう一つあった。お志摩を探し出し、跡継ぎにすることであった。千代乃屋ともなればたいした身代である。お志摩が養女だと知っている千代乃屋の親戚筋の中には、反対する者もいた。また、文太郎亡き後、文左衛門がお志摩の婿にと見込んでいた、人形職人の幸吉《こうきち》が文左衛門の血縁ではなく、亡くなったお内儀の遠縁であることも、親戚連中は気に入らなかった。

しかし、義助は亡き主の遺言を守り、足を棒にして、難色を示す親戚を説得に歩いた。

もちろん、お志摩と幸吉も同道した。こうしてお志摩は、めでたく、かねてから好いていた幸吉と夫婦になることができた。

そして今や、千代乃屋といえば、人形に勝るとも劣らない、美形の女主のいる店だと評判になって、以前にも増して大繁盛のようである。

季蔵も何かの折に千代乃屋に立ち寄って、お志摩の姿を見たが、美しいだけではなく、輝くばかりの幸せに包まれているかのようだった。

これで、突然死んだ親子が実は食当たりではなく、殺されたのではないかという噂は吹き飛んでしまった。

長次郎の墓に参った季蔵は、こうした後日談を胸に浮かべて手を合わせ、

――とっつあんが願ったように、お志摩さん、幸せになりましたよ。ただし、お志摩さんを好いていた男は、二人じゃなくて、三人だったようですよ。お志摩さんも前から幸吉さんを好いていなすったようです。さすがに文左衛門さんは気がついておいでだったが、これればかりは、とっつあん、知らなかったんじゃありませんか――

長次郎に話しかけていた。

墓のある蓮華寺《れんげじ》には、そろそろ、長次郎の好きだった清らかに白い蓮《はす》の花が咲きはじめている。

第二話　七夕麝香《じゃこう》

一

今年も暑さの盛りを越し、軒先に盆提灯《ちょうちん》が吊《つ》るされ、竹売りが町々に姿を現した。江戸の七夕が近い。

家々の屋根の上には、短冊などの飾りをつけた青竹が立ち、空を覆うばかりに見える。賑《にぎ》やかなばかりか、華やかでもあった。

「公方様《くぼう》もなさるお祭りですものね」

おき玖《く》はそう洩《も》らしながら、青竹に短冊を結びつけていた。おき玖が書いた短冊の一つには、〝長次郎大成仏〟とある。

「七夕のお料理はどうしましょう」

季蔵《としぞう》はおき玖に、相談を受けていた。

長次郎は生前奥の離れで人をもてなすことが多く、季蔵は通りに面した階下の一膳飯屋を任されてきた。とはいえ、七夕や月見などの時の特別料理については、長次郎がしきってくれていたのである。

「冷素麵《ひやそうめん》を出さないわけにはいきませんが……」

七夕といえば素麵と決まっている。季蔵が言葉に詰まったのは、素麵に合う菜をまだ、試したことがなかったからである。

「薬味は旬《しゅん》の生姜《しょうが》や紫蘇《しそ》でいいとしても、南瓜《かぼちゃ》や茗荷《みょうが》なんぞを揚げてみても、今一つ、ぱっとしませんからね」

知らずと季蔵は渋面《じゅうめん》を作っている。

長次郎亡き後、塩梅屋《あんばいや》を続けている季蔵は、いつ誰が言いだしたのか、塩梅屋季蔵と呼ばれ始めていた。当初は、

「間違わないでくださいよ。塩梅屋の使用人季蔵ですから」

と改め続けていた。

「皆さん、塩梅屋の使用人季蔵では言いにくいのよ、いい加減、諦《あきら》めてしまいなさい」

呆《あき》れ顔のおき玖に諭《さと》されたのだ。

季蔵が侍だった頃の姓は堀田《ほった》で、名は季之助《としのすけ》である。

——よもや、堀田季之助とは名乗れないのだから、世間が決めた名でよいのかもしれない——

そう思えてきて、今では塩梅屋季蔵と呼ばれても、あえて、改めることはしなくなっている。

その代わりに、

──塩梅屋の名に恥じないよう、あの世のとっつあんがやきもきしないよう、精進しなければ──

と気負いが出てきていた。

毎年、長次郎がしきっていた七夕の料理を、今年からは自分一人で作りあげなければならないのは、やり甲斐《がい》があると同時に、ずしりと重いものが肩にかかる。

──あれをやってみよう──

季蔵は天の川や七夕の飾りを模した玉子豆腐を、自分なりに作ってみようと思いたった。これは長次郎の十八番《おはこ》の一つで、客たちは七夕豆腐とも呼んでいた。

この日、季蔵は店が退《ひ》けると、集めた材料を持ち帰って、家で試すことにした。冷たい玉子豆腐を作るためである。玉子豆腐は溶いた卵をかつおだしで伸ばし、少々のみりんと煎《い》り酒《ざけ》を加えて蒸して作る。大豆で作る豆腐とはまた別の、絹のようになめらかで、玉子の風味と色目が美しい料理である。

長次郎が作っていた七夕豆腐の醍醐味《だいごみ》は、添えられている青竹に見立てた枝豆でもなければ、天の川代わりの穴子でも、また短冊の形をした紅色の生麩《なまふ》でもない。豆腐の上にかける葛餡《くずあん》であった。もちろん、これにも煎り酒が入っている。長次郎はその加減だけは教えてくれなかったから、季蔵は汗だくになりながら、何度も葛餡を作り続けた。だが、いっこうに味は長次郎のものにはならない。

夜も更けてきて、とうとう季蔵は、

「いくらその人なりの味でいいっていわれてもねえ……」

大きな声で独り言を言っていた。

ことあるごとに、清い心さえ持っていれば、おのずと料理の味がいい塩梅になると、断言していた長次郎に刃向かいたくなり、

「季蔵の心は清くないんでしょうかね、とっつあん、教えてくださいよ」

泣き声に近くなった。

すると、そこへ、棟割り長屋の薄い油障子が開いた。

「いいか、邪魔するぞ」

「今時分、誰かと思えば……」

季蔵は呆れて呟《つぶや》いた。

そこには、北町奉行烏谷椋十郎《からすだにりようじゆうろう》が立っていた。

「入っていいか」

季蔵は黙ってうなずいた。正直、歓迎したい相手ではなかったが、断る理由もまたなかった。それに烏谷椋十郎は奉行である。

「何かご用ですか」

季蔵は座布団も勧めずにぶっきらぼうに言った。

「まあ、いいではないか」

烏谷は提げてきた伊丹《いたみ》の下《くだ》り酒を見せ、ふくよかな顔をほころばせた。

「しばらく会わなかったので、なつかしくなったのよ。酒でも一緒に飲もうと思ってな」

「そうでしたか」

受け流した季蔵は、烏谷のためだけに湯呑《ゆの》みを用意すると、

「こちらは朝が早いんで……」

酒は飲まないと伝えた。

「ならば仕方ない」

烏谷は湯呑みに注いだ手酌の酒を、美味《うま》そうに飲みはじめて、話を切りだした。

「何度か、深川丼が食いたいと文を届けたと思うが……」

「烏川鳩ノ介《からすがわはとのすけ》とかいうおかしな名で届いていましたっけ」

季蔵がややうんざりした顔で言う。

「そちだけにわかるよう、気を使ったつもりだ。とにかく、わしは、塩梅屋の煎り酒を利かせた深川丼に目がないんだ。好物なのだよ」

「あさり料理は気が進みません」

「どうして……」

「とっつあんの骸《むくろ》が見つかった朝、どっさり買って、だめにしちまったもんですから。何だか……」

「あさりは鬼門だというわけか」

「まあ、そうです」

するとお谷は出来上がって、近くの盆の上にある、五皿もある七夕豆腐に目を細めて、

「そうそう、毎年、今頃はそれが出た出た」

とはしゃいで、手を伸ばして皿を取ると、箸《はし》を出せという仕草をした。

「あなたの好物はあさりだったはずですよ」

季蔵は箸を渡しながら、皮肉を言った。

「とっつあんが隠れ者であなたの手先だったことも、千代乃屋で起きた一部始終も、娘のおき玖ちゃんは知りません。わたし一人の胸におさめてあるんですよ。ですから、もう、塩梅屋はあなたとは関《かか》わりたくないんです」

しかし、烏谷は、

「まあ、待て」

まるで急《せ》かされてでもいるかのように答えて、〝美味い、美味い〟と繰り返しつつ、五皿の七夕豆腐を平らげていった。

その様子を見ていた季蔵は、一瞬、むっときた。

しかし烏谷は、美味くてならないといった様子で、時折、片目をつぶり、ゆっくりと、惜しみ惜しみ、味わいながら箸を口に運んでいる。気がついてみると、季蔵は笑みを洩らしていた。

――わたしとしたことが――

思わず緩んだ顔を引き締めかけると、

「長次郎の味だけを好む者もいるだろう。だが、わしは、長次郎のもよかったが、そちの味も好きだ。馴《な》れない若さがある。悪いことではない」

箸を置いた烏谷は真顔で言った。

――聞かれてしまった――

季蔵が知らずと顔を赤くして、うつむいてしまったところへ、

「どうだ、塩梅屋の離れもそちがしきってみては？」

と畳みかけ、

「そして、長次郎の裏の仕事も季蔵、そちが継ぐのだ」

と言い放った。

「離れはずっと閉めたままにするつもりです」

季蔵は顔を上げてきっぱりと言った。

「そちが離れと関わりたくないという気持はよくわかる。だがな、いずれ、関わらずにはいられなくなるのだ」

「いったい、何をおっしゃりたいのか……」

「今、江戸市中で厄介な事件が起きている。錦絵《にしきえ》に描かれた美女が続いて二人、神隠しにあっている。錦絵といえば、描かれるのは遊女、芸者、茶屋女、それに楊子《ようじ》屋などの看板娘だ」

絵師の町田徳重《まちだとくしげ》が足しげく塩梅屋に通ってきて、赤い襷《たすき》をきりりと掛けたおき玖の姿を絵に描いていったのは、つい、三月《みつき》ほど前のことであった。

二

季蔵は絵師に姿を写し取られたおき玖のことが気になってきた。

「わしも錦絵が好きでな。特に町田徳重は春信《はるのぶ》を想《おも》わせてなかなかいい。徳重の筆によるものが出れば必ずもとめる。近頃、気になる娘の絵を見た。見知ってはいないが、絵の中の柱に塩梅屋とあった。襷がけの若い女は長次郎の娘であろうな」

と烏谷は、訊《たず》ねた。

「おき玖ちゃんですよ」

いくらか平静さを取り戻して季蔵はしぶしぶ認めた。

「美女の錦絵は人気で、たくさん出回っています。錦絵だけ見ていると、江戸にはこんなにも綺麗《きれい》な女が多かったのかと、ため息が出るほどですから」

錦絵に描かれる美女は多く、そのうちの何人かが、行方不明になったからといって、何も、おき玖にまで禍《わざわい》が及ぶとは思いがたかった。

「錦絵の美女といえば、やはり、吉原の大夫あたりが一番人気のはずです。さらって行きたい男もいるでしょう」

いったいどこのだれが突然、姿を消したのか、気にかかる。

「大夫が神隠しにあったという話は聞いていない。吉原には大門があって、そう簡単には出入りできない。さらって行きたくともできまいよ」

「すると、いなくなった娘さんたちは……」

「芸者でもない。芸者は置屋《おきや》の女将《おかみ》の目が光っている。茶屋も同じだ。麦湯屋のおきみ、甘酒屋のおかよ。二人とも器量よしの看板娘だが、ただの町娘だ。親の小さな商いを手伝っていた。似ていないか？」

――たしかにいなくなった二人と、おき玖ちゃんの境遇は似ている――

また、不安になった季蔵に、

「おき玖を守るために調べてみる気になったら、奉行所を訪ねてこいよ」

烏谷はやっと立ち上がった。


夕立が、そこかしこに水溜《みずたま》りを作っていた。人々は水溜りを器用によけながら歩いている。足許《あしもと》を湿らせた絵師の町田徳重が、しばらく無沙汰《ぶさた》だった塩梅屋にやってきた。そう広くない店の中には常連客たちがいた。大工の辰吉に指物師《さしものし》の娘婿勝二、履物屋の隠居喜平である。

町田徳重は三十半ばの年頃で、気弱を絵に描いたような、優しげでなよなよした男前である。酒は飲めない。芋料理や菓子が好きだった。

「その節は世話になりました」

丸めて持っていた錦絵を、料理を運んでいたおき玖に渡した。

錦絵を広げたおき玖は、紙一杯に描かれた紺がすりに赤い襷が映えた自分の半身を見て、

「あらーこれがあたし？　嫌ねえ」

顔を紅潮させた。

錦絵の中のおき玖はその気性通りに、清らかさと強さを兼ね備えている。花で例えるなら赤い椿《つばき》……。

「そんなことはねえよ。玄人女《くろうと》にはない、清楚《せいそ》な色気があるって、大変な人気ですよ」

徳重は柔らかく笑って、答えた。

「まあ、そんなこと……」

とうとう、おき玖はうつむいてしまい、他の客たちに悟られないように、そっと、広げた錦絵を巻き始めた。

「見たよ、見たよ、それ……」

真っ先に声を上げたのは勝二だった。

「錦絵に描かれるなんざあ、てえしたもんだ」

羨《うらや》ましそうな目でおき玖を見た。勝二は以前、たった一度だけなのだが、出会った酔っぱらいから、〝よおよお、兄さん、男前、沢村松之丞《まつのじょう》かい〟と言われたことがあり、その時の言葉を今もじっと抱きしめていて、自身が酔うと必ず、〝おらあ、沢村松之丞なんだい、なんだい〟と埒《らち》もないくだを巻くのが常であった。

「飛ぶように売れてたね」

助平が災いして隠居の身となった喜平は、ちらちらと、おき玖の尻のあたりに目をやった。

「いや、本物のおき玖ちゃんの方が別嬪《べっぴん》だぜ。まちげえねえ」

立ち上がった辰吉は、姿のいいおき玖をちらりとながめると、自分より背の低い徳重を、見下ろすように、ふんと笑い飛ばした。三人の子持ちながら、背の高い辰吉は自分がいないせだと自惚《うぬぼ》れていた。

三人はすでにしたたか飲んで酔っていて、

「店ん中に貼《は》っといてくれや」

勝二がはしゃいで言うと、

「そうだ、それがいい」

喜平が半白な細い髷《まげ》をのせた頭でうなずき、

「頼むぜ」

辰吉がぐいと流した目に力をこめた。

「ちょっと」

包丁を置いて、奥からあわてて出て来た季蔵は、おき玖の錦絵を持っていない方の手をつかむと、裏口に連れ出し、

「だめですよ」

錦絵を取り上げ、丸めて、自分の懐に入れた。

「でも、お客さんたちが喜んでくれているわ」

おき玖は心外だという顔をした。

「でも、これ以上はもう、だめなんです」

季蔵は珍しく声を荒げた。

「くわしいことは後で話します」

おき玖と一緒に店に戻った。

酔った客たちは、

「なんだ、なんだ、つまんねえ。板前の悋気《りんき》かよ」

「錦絵に描かれるほど綺麗な相手なら、焼き餅《もち》も妬《や》くだろうよ」

「女房妬くほど亭主もてもせず、ってえやつの、逆《さか》さかよ」

「逆さじゃねえのは、おめえんとこだよ」

「ちげえねえ」

などと言って笑い合い、ほどなく、その話は終わった。

季蔵は徳重のために新里芋を煮付けていたのだったが、鍋《なべ》から顔を上げてみると、その姿は店から消えていた。

――しまった――

徳重に訊《き》きたいことがあったのである。

店が終わって、暖簾《のれん》を入れると、

「季蔵さん、今日は機嫌が悪いのね」

皿小鉢を片づけながら、おき玖が言った。

「そうでもありませんよ」

「機嫌が悪くなったのは、徳重先生があたしの錦絵を持って来なすってからよ」

「でしたら、お客さん方のおっしゃってた通り、つまらない悋気ですよ」

「馬鹿にしないで」

おき玖が声を荒げた。

「季蔵さんが悋気で機嫌を悪くする人かどうか、あたしはわかってるつもりよ。話してちょうだい。どうして、あたしの錦絵を疫病神みたいに見てたのか……」

「わかりました」

そこで季蔵は烏谷からとは言わずに、風呂屋で洩れ聞いた話として、錦絵の町娘たちが続けて神隠しに遭っている話をした。

そして、残念そうに、

「徳重さんに、麦湯屋のおきみさん、甘酒屋のおかよさんの絵も、あの人が描いたかどうかって、訊いてみたかったんですけどね……」

ため息をついた。

するとおき玖は、

「それは、どうだかわからないけれど。麦湯屋〝むぎ〟のおきみちゃん、甘酒屋〝さくら〟のおかよちゃんには、あたし、時々、会ってるのよ」

意外なことを言いだした。

「親しいんですか」

「いいえ。おきみちゃんの〝むぎ〟は深川にあるし、甘酒屋の〝さくら〟は日本橋ですもの、親しいわけないでしょ。それでいて、知ってるのは、浅草にある髪結床〝若村〟で、時折、すれちがうからよ。〝お先に〟ぐらいの挨拶《あいさつ》からはじまって、お互いの名や店の名を明かしていたのよ。でも、それだけ。場所を変えたり、示し合わせたりして会うほどではなかった……」

といって一度、言葉を切ったおき玖は、

「よりによって、その二人があたしと同じように錦絵になって、神隠しに遭うなんて、何だか気味が悪い話ね」

と身震いした。

「ところで、おき玖ちゃん、おきみさんやおかよさんと知り合いだと、徳重さんに話したことは？」

「ないわ。知り合いといっても、顔見知りってだけですもの。訊かれもしなかったし。でも、徳重先生とは関わりがないと思うわ。何なら、あたし、明日、先生のとこへ行って訊いてくる。先生がおきみちゃんやおかよちゃんを描いていたのかどうかって……」

「それはだめだ」

季蔵は首を横に振って、

「わたしがこれから行ってきます」

と付けていた前掛けを外した。

町田徳重の家は木原店《だな》からそう遠い距離になかった。日本橋通一丁目を南に行って中橋広小路に行き着く手前にあった。庭のある一軒家である。庭には、優雅に夕顔の花が開いていて、棟割り長屋住まいとは雲泥の差である。

――さすが、人気錦絵師だな――

季蔵は感心した。

家の戸口に立ち、灯《あか》りの点《つ》いている家に向かって、

「徳重さん、塩梅屋です」

何度も声をかけたが、答えてくるのは、庭に潜んでいる蛙《かえる》のげこげことという鳴き声だけであった。

――酒でも飲んで、ぐっすり、眠ってしまったのだろうか――

そうも思いかけたが、

――いや、下戸《げこ》の徳重さんに、そんなはずはない――

思い余って、戸口に手をかけた。するりと戸が開いた。夏だというのに、ふっと背筋が寒く感じられた。

季蔵は下駄を脱ぐと廊下を歩いていった。左右にある部屋の襖《ふすま》は閉まっている。開けると、どちらも、筆や絵の具の皿が散らばっている仕事場であった。季蔵はさらに奥へと進んでいく。

行き止まりになっている奥の部屋の襖が開いていた。

そこで季蔵は足を止めた。

「徳重さん」

そして思わず、息を呑んだ。仰向《あおむ》けで倒れている町田徳重は、首を絞められて死んでいた。絞められた赤い痕《あと》はむごたらしかったが、不思議に安らかな死に顔であった。

三

季蔵はすぐに番屋に届けた。翌日、田端宗太郎《たばたそうたろう》が岡っ引きの松次《まつじ》を従えて、塩梅屋を訪れた。仕込みをはじめていた季蔵に、徳重の家まで案内しろというのだ。

「いったい、どうしたの」

居合わせたおき玖は田端たちを見て、露骨に嫌な顔をした。

「後で話します」

「また、後なのね」

おき玖は不満そうだった。

徳重の家に着くと、季蔵は昨夜、訪れた時のことを説明した。

「声をかけたんですが、いくら呼んでも、返事がなくて……」

「それで入ったわけだな」

田端はか細い声で念を押した。相変わらず生気のない、しゃくれた顔をしている。

「はい」

「わかった。では、入った後、死んでいる徳重を見つけるまで、家の中をどう歩いたか、もう一度やってみてくれ」

季蔵は、覚えている通りに歩いた。廊下を通り、左右の仕事部屋を開けて、奥の襖が開いていることに気がついて、そして……。

すると、ほどなく、硬くかたまっている徳重の死体に行き着いてしまった。

「こういうわけですよ」

そういった季蔵が踵《きびす》を返して、戸口から出て行こうとすると、

「ちょいと待った」

松次が鋭い声で呼び止めた。

「何か、まだご用ですか」

季蔵が振り返ると、

「ところで、季蔵さん、あんた、昨晩、どうしてここへ来なすったんだね」

松次がじろりと季蔵を見据えた。

「徳重さんはわたくしども塩梅屋のお客さんなんです。昨夜もみえていました。その時店

に忘れていかれた、持ち歩き用の絵筆箱を届けに来たのですよ」

咄嗟《とっさ》に季蔵は嘘をついた。

もとより、本当のことは、とうてい言う気がしなかった。そもそも、明らかに刺し殺されていた長次郎を、自分で死んだと言って憚《はばか》らなかった輩《やから》である。信用などできはしなかった。

神隠しにあった娘たちについて訊きに行った、などと言ったところで、そんな必要がどこにあったのか、それこそ嘘だろうと、決めつけられかねない。

だが、この嘘が悪かった。

「あれは何かな……」

田端が徳重の襟元から出ている紐《ひも》を引っぱると、するすると出てきたのは、小さな筆と硯《すずり》が一つの箱におさまっている、持ち歩き用の絵筆箱であった。

「どうやら、忘れ物は絵筆箱ではないようだな」

田端はその姿にも若さにも似ず、老人のようにゆっくりと言葉を続けた。

「季蔵さんよ、嘘をついちゃ、いけねえぜ」

松次の目がぎらりと光った。

――しまった――

と思ったがもう遅い。

「申しわけありません」

季蔵は頭を垂れて、

「実は……」

おき玖に降りかかってくるかもしれない、災難について話した。

「神隠しのことは知ってるよ」

松次の目はまだ光っていた。

「けどな、だからって、すぐにおき玖ってえ娘も神隠しに遭う、それにゃあ、絵師の徳重が関わってるなんぞと考えるのは、早とちりじゃねえのかい。第一、何の証《あかし》もねえじゃないか」

と言い、最後に、

「俺にゃあ、そいつも、ほんとうかどうか、怪しいように思えてなんねえな。悪いが今日はもう、店は開けられねえぞ。番屋まで来てもらう。じっくりと話を聞こうじゃないか」

季蔵は番屋に連れて行かれ、留め置かれた。

「昨日の晩、徳重が店に来てからの話をしてみろや」

松次に促されて、季蔵がざっとの話をすると、

「すると、あんたは、おき玖の錦絵が広まるのはよくないと思ったんだな」

「ええ。錦絵に描かれて、神隠しに遭っているのは、商いの手伝いをしている町娘ばかりですからね」

「なるほど」

松次は相づちこそ打ったが、その実、少しも、なるほどとは思っていない顔であった。

「神隠しに遭った娘たちが、おき玖ちゃんと同じ髪結床に通っていたとわかって、これはなおさら何かあると思いました。絵師の徳重さんが、他の二人の錦絵も描いたのかどうか、是非確かめなければと……」

「ふーん」

退屈のあまり、鼻をほじりかけた松次だったが、がらりと番屋の戸が開いて、下っ引きの三五郎《さんごろう》が入ってきた。

「ちょっと、親分、お耳に入れたいことが……」

二人はちらちらと季蔵の方を見て、ひそひそ話をはじめた。

そして、再び季蔵の前に、立ち塞《ふさ》がるように座った松次は、にやりと笑って、

「今さっき、この三五郎を塩梅屋にやって、おき玖からも話を聞かせてもらったぜ。おき玖から訊いて、居合わせた客たちの名が知れた。客たちにも当たってもらった。いい加減なことをほざくんじゃねえ」

十手《じって》を握りしめて大声をあげた。

「客の話じゃ、おめえはおき玖の錦絵があんまし別嬪なんで、描いた徳重に悋気を起こしてたってえことじゃないか」

「それは……」

季蔵は言いかけて止めた。

──その説明なら、おき玖ちゃんの錦絵が広まるのが不安だったと、すでに話してある。つまりは、話したところでわかってはもらえないのだ──

「何でえ、何でえ、文句があるんなら、言ってみろ」

松次は荒々しい声で挑んできた。

「いえ、何でもありません」

これ以上、松次に逆らうのは無駄であった。

「おめえは錦絵のことで徳重を妬いていた。とすりゃあ、徳重の家に行った目的は知れてる」

聞いた季蔵は、いよいよ、徳重殺しの下手人にされてしまうのかと、情けなくてならなくなった。

松次は、

「けど、おめえ、気持はわかるが、悋気ごときで何であそこまでやったんだ。わかってると思うが、人を殺《あや》めりゃ、まちがいなく死罪だぜ」

さすが、まなざしに憐《あわ》れみを交えた。

──何だか、もう、首切り役人が後ろにいるような気がする──

季蔵は首の後ろが寒くなってきて、

──しかし、よりによって、長崎奉行を務めた名家鷲尾《わしお》家の家臣、堀田家の末裔《まつえい》が、たとえ市井の料理人に身を落としたといえ、このような最期を遂げるとは、恥ずかしい、あまりに恥ずかしい――

膝《ひざ》に置いたこぶしをぶるぶると震わせた。

同心田端宗太郎は、そばで一部始終を聞いていた。

「死罪かあ……」

低い声でぽつりと呟き、

「近頃、あまりないお裁きだな」

見せ物の話をするように言った。同情のない、乾いた目をしている。

そして持ち前のゆっくり、ゆったりした口調で、

「だがな。これがある……」

懐に手を入れて何かを握ると、胸の前で開いて見せた。

「殺された徳重の部屋に落ちていた」

朱色の匂《にお》い袋であった。

「それだったんですね」

季蔵は田端の掌《てのひら》をじっと見つめて、

「さっきからここは、徳重さんが死んでた部屋の匂いがするような気がしてました」

「さすが料理人だけある、鼻がいい」

田端はほうという顔になって、

「これが何だかわかるか」

「麝香《じゃこう》じゃないかと」

麝香とは雄のジャコウジカから分泌されるもので、万能薬として珍重されるほかに、香りがいいことから、匂い袋に使われた。ともに非常に高価であり、入手もむずかしい。

「そうなのか」

田端は目を丸くして、

「麝香などというものは、聞いたことがあるだけだ」

「以前、嗅《か》いだことがありますので」

季蔵は誤魔化さずに、元は侍で鷲尾家に奉公していたことだけは話した。

「なるほど」

うなずいた田端は、

「長崎奉行ならば、その麝香とやらとも無縁ではなかろうな」

「その通りです。麝香のとれるジャコウジカは、この国にはおりません。海の向こうの高い山に住んでいると聞きます。香り高くよく効く薬ゆえ、お上《かみ》が出島に入れさせているのだそうです」

麝香について説明した季蔵は、

――やれやれ、この麝香に救われそうだ――

と思いかけて、

――いや、だめだ。滅多にない麝香を知っていて、長崎奉行だった鷲尾家の家中の者であったと話してしまったことだし、あの匂い袋は、わたしが持っていたと思われても仕方ない――

再び絶望の淵《ふち》に立った。

四

案の定、

「語るに落ちるとはおめえのことだな」

松次は得意顔で言い、

「さあ、観念してお縄になるんだ」

早速縄をかけるよう三五郎に顎《あご》をしゃくったが、

「まあ、やめておこう」

田端がまた、ぽつりと言った。

驚いた松次が、

「旦那、今、なんておっしゃったんで」

信じられないといった表情で訊き返すと、田端はふわりと大きなあくびを一つして、

「そもそも……麝香は……禁制品だ。それに……長崎奉行や……出島が関わっているかもしれないとなると、町方の出る幕ではあるまいし……、出たところで、どうせまた、すぐに止められる。この間の料理人殺しのようにな……」

間延びした口調でとろとろと答えた。

聞いていた季蔵は、

――持ち歩き用の絵筆に気がつき、麝香の匂い袋を拾ったこの男は、無能なのではない。奉行所内では必ず、臭いものには蓋《ふた》がされるとわかって、事を投げているのだ――

一方、松次は、

「けど、旦那……」

諦めきれない様子で季蔵を睨《にら》みつけて、

「みすみす下手人とわかってる奴を、このまま帰すんですかい」

「まあ、そうするしかあるまいよ。ここで捕らえたところで……、いずれ放すことになる」

「ってえことは、こいつは下手人じゃねえって、ことですかい」

「証は……ない。しかし……、麝香のような禁制品が……絡んでいる事件、料理人風情が……、関わっているとは思えない」

田端はゆっくりと言い、季蔵は、

――よかった、救われた――

と喜んだが、

――料理人風情とはよく言ってくれたものだ――

寂しさが襲ってきた。

夕方近く、塩梅屋に戻ると、待ちかねていたおき玖が、忙しそうに立ち働いていた。

「ああ、よかった、間に合った」

とまずは胸を撫《な》で下ろし、いそいそと暖簾《のれん》をかけに外へ出ていった後、

「お帰りなさい」

ほっとした顔で季蔵を迎えた。

「季蔵さんが仕込んだ七夕豆腐のたね、だめにするのは勿体《もったい》ないから、蒸して固めた後、よく冷やしておいたわ。あとはあなごや枝豆なんかを飾って、茹《ゆ》でた素麺に添えるだけ。お豆腐にかける葛餡の塩梅は、季蔵さんじゃなきゃだめだろうから、まだ、できてないのよ」

てきぱきと仕事の話を先にしてから、

「徳重さんが殺められたという話は聞いたわ。お上のお手先の人が来て、昨夜のことや徳重さんのことを、根掘り、葉掘り、しつこく訊いたのよ。あたし、季蔵さんに迷惑がかかるんじゃないかって、そのことばかり……」

うつむいたおき玖は目を潤ませかけている。

「危うく下手人にはされかけたが、今はこの通りですよ」

そういって、季蔵は、ひとまずおき玖を安心させた。

「ということは、天下晴れて、季蔵さんは潔白だと証が立ったのね」

おき玖の顔がぱっと明るくなった。

「だといが、そうでもない」

「そうでもないって……」

おき玖は表情を曇らせた。

「とっつあんの時と同じなんですよ。とことん、わたしを怪しんでいるのに、お縄にしようとしない……」

「それ、どういうこと」

「殺された徳重さんの部屋に、ご禁制の麝香が入った匂い袋が落ちていたからですよ。町方はご禁制が絡む事件には、あまり、関わりたくないんでしょうね」

「でも、その匂い袋を落としていった人が、下手人というわけでしょ」

「はっきりは言い切れませんが、そうであってもおかしくはありません」

「麝香といえば、庶民には高嶺《たかね》の花よね」

「ええ」

「だとしたら、その匂い袋を落としていったのは、たぶん、身分の高い女の人よね」

「女の人……」

おき玖の言葉にはっと思い立った季蔵は、

「そうですね。たしかに匂い袋は女の人の持ち物でした」

「当たり前でしょ」

おき玖はくすくす笑い出した。

——何だ、それを言えば、下手人にはされなかったのか。しかし鷲尾家に奉公している時に盗んだものだと言われれば、それまでだな——

などと、またしても情けなく思っているうちに、

「けれど、徳重さんは首を絞められて殺されていた。女の人にそんな力はあるものかと……」

「徳重さん、亡くなっていたのは仕事場じゃないでしょ」

おき玖に訊かれて、

「布団の上でした。仰向けで……」

「だとしたら、女でもたやすいことよ。嫌《いや》な季蔵さん、あたしにこんな話させて……」

そういったおき玖は真っ赤に頬《ほお》を染めて、奥の部屋へ逃げ込んでしまった。

翌日、仕込みが終わると、季蔵はおき玖に黙って、芝神明町《しばしんめいちょう》へと足を向けた。芝神明町は摺《す》り本や錦絵などの版元が、数多く軒を連ねている。

季蔵は芝神明町に着いて、版元の店が並ぶ通りに入ると、懐にしまっていたおき玖の錦絵を出して、まずは、目の前に行き当たった小さな構えの店に駆け込んだ。

店と奥の仕切りの障子から長押《なげし》にかけて絵が並んでいる。絵の紙が傷まないように、挟み竹と呼ばれる、節のある細い割り竹で絵の端をはさみ、その下の竹の割目に次の絵を挟むというやり方で、上下に何枚もつないで、店中が錦絵で埋め尽くされていた。

ざっと店中の錦絵をながめた季蔵は、

「これを出した版元を知りませんか」

派手な役者絵の説明をしていた初老の主《あるじ》に訊いた。その役者絵は、色こそ鮮やかだったが、売れない役者が房《ふさ》楊子をくわえている構図は月並みだった。

相手は、すぐに、

「徳重さんの絵じゃないか」

おき玖の錦絵に見入った。

とにかく、町田徳重は人気絵師なのである。

版元も兼ねている店主は、

「何でも、急な病でいけなくなったそうですな」

「そうなんですか」

季蔵は惚《とぼ》けるしかなかった。

――徳重は病で死んだということにされたんだな――

これで季蔵が下手人にされることはない。だが、季蔵は喜べなかった。

――とっつあんのことといい、あまりにお上はいい加減だ――

一方、老店主は、

「突然、徳重さんに死なれて、今頃、徳重さんを囲い込んでた版元は、あわてにあわてていることでしょう。お気の毒に……」

少しも気の毒そうではなく、目だけを伏せた。

「もっとも、うちみたいな小さなところは、徳重さんのような方とは、ご縁がありませんから、気も楽ってもんですけどね」

「それはよかったですね」

季蔵は適当に相づちを打った後、

「ところで、今、言った、気の毒な版元に心当たりがあったら……」

ここでやっと、徳重と商いをしていた版元を突きとめることができた。

店主が教えてくれたのは、立花屋《たちばなや》市兵衛《いちべえ》の店であった。立花屋は新参の版元だが、このところ、日の出の勢いで商いを広げていた。まだ四十になるかならないかの主市兵衛は、売れる絵師を見つけ出す、天賦の才があると言われている。

立花屋の店先には、人気の絵師による錦絵が、所狭しと並んでいる。客の数も、さっき立ち寄った老店主のところとは、比べようもないほど多く、ひしめいている。

「この絵を描いた徳重さんについて、お訊きしたいことがあってきました」

そう告げた季蔵は、錦絵の大海原のように見える店に上げてもらって、奥の座敷に通された。

相当待ってやっと立花屋市兵衛が現れた。

「お待たせしました。いやはや、朝から、徳重さんの絵にかかることになっていた、彫り師や摺り師の方々に頭を下げてまわって、やっと帰ってきたところなのですよ」

小柄な身体から汗の臭《にお》いをさせている。立花屋市兵衛は、どこにでもいそうな変哲のない面相をしている。だが、なぜか、向かい合っている相手を、気押されたように感じさせる何かを持っていた。全身から汗と共に、商いに賭《か》ける意気込みが溢《あふ》れ出ている。

名乗った季蔵は、

「大変なご繁昌ですね」

挨拶を兼ねて讃《たた》えると、

「手前はこの通りのつまらない顔なんですが、綺麗な顔や凄《すご》みのある奴なんぞの、見事な顔が好きなんですよ。それで錦絵ばかりやっているというわけです」

にこにこと笑って受け流し、

「亡くなった徳重さんのことでいらしたのでしたよね」

笑顔を消して、念を押した。

「もしや、お身内の方ではないかと……」

市兵衛は真顔で聞いてきた。

五

さらに、市兵衛は、

「手前と徳重さんは、何の因果か、二人とも下戸でしてね。笑っちゃいけませんよ、汁粉《しるこ》屋や団子屋のはしごなんかをよくする仲でした。その際、徳重さんはちょいと心にひっかかる話をしてくれました。お身内や親しいお友達にならお話ししておきたいと思いまして……」

「残念ながら、そのどちらでもありません」

季蔵は苦笑して、神隠しにあった娘二人、麦湯屋の〝おきみ〟、甘酒屋の〝おかよ〟について、徳重が錦絵を描いているか、どうかを訊いた。

「まちがいなく、手前どもでございますが……」

市兵衛は神隠しのことは聞いているとみえる。警戒の色が顔に走った。

「あなたは、町方のお手先の方でしたか。何かお咎めでも……」

探るように季蔵を見た。

一瞬、そうではないと答えようとした季蔵だったが、

「まあな」

急に言葉遣いを変えた。目に力をこめてみる。今はお手先のふりをしていた方が、相手から肝心な話を引き出しやすいだろう。

「おきみとおかよの錦絵を見せてくれないか」

「はい、只今《ただいま》」

すぐに番頭が呼ばれて、二人の町娘の錦絵が差し出された。

徳重らしい巧みな筆遣いである。二人とも、初々《ういうい》しい清楚な若さの中に、ほのかな色香がこぼれ出ている。おき玖のものとも似ていた。

「徳重は汚れを知らない、純真な美しさを好んだのだな」

季蔵がふと思いついたことを口にすると、

「その通りでございます」

市兵衛は手を打って、

「絵は絵師の心がもとめている形を表すものですからね。今春信と謳《うた》われた徳重さんは、大夫や芸妓を描いて有名になりなすったが、実は綺麗どころがそうはお好きではなく、純な町娘を描きたかったのですよ」

「すると、立花屋さん、あんたの方から頼んだ仕事ではないんだね」

「ええ、もちろん」

市兵衛は大きくうなずいて、

「これでも手前は絵師の魂がわかるつもりでおります。徳重さんが、念願の看板娘たちを是非、描いてみたいとおっしゃったので、人気も充分に出ていることだし、よろしいでしょうと申し上げたのです」

そこで市兵衛は言葉を切り、自分の膝を見つめ、

「とはいえ、錦絵で世間に広く知られるようになった娘たちが、姿を消した時、立花屋市兵衛の欲の皮の犠牲になったなどと、ひどいことを言われました。ほんとうに、これは心外なんでございますよ」

膝に置いた両手のこぶしを震わせた。

「先ほど、身内か友達に話したいことがあると言ったな。どうか、それを話してくれ」

季蔵は、相手を促した。

「そうでしたね」

顔を上げた市兵衛は、話し始めた。

「徳重さんは男前の上に人気の絵師ですから、みんな描いてくれ、描いてくれと、引く手あまたでした。名のある役者や大夫、芸妓など、選《よ》り取り見取りだったはずです。中には一夜の恋でもいいと、言い寄ってくる女もいたでしょう。それをよりによって、垢抜《あかぬ》けない町娘なんぞに、強い想いを抱くのか、手前には謎でした。ある時、徳重さんは胸のうちを明かしてくれたんです」

「昔の想い人……」

季蔵は思わず言った。このところ忘れていた、鋭い痛みが胸の奥から突き上げてきた。

――忘れていたはずのことを思いだしてしまった――

翳《かげ》った表情をうつむいて隠した。

「さすがお手先の方ですね。勘がいい」

市兵衛は感心して、

「最後にはえらくおなりになったが、元を正せば、徳重さんは、貧しい長屋の生まれだと聞きました。幼い時から食うや食わずで、船頭など、いろいろな仕事を転々としたものの、好きな絵が忘れられず、ある絵師の弟子になっていたところを、手前が才を見いだしたんです。相手は長屋時代から想いを寄せていた、汁粉屋の娘だと聞いています」

「その娘とは結ばれない縁だった……」

季蔵の胸はまた痛んだ。

うなずいた市兵衛は、

「何でも、母親が急な病に罹《かか》って、薬代を工面するために、お侍のお妾《めかけ》になったという話でした。何とも可《か》哀《わい》想《そう》な、たまらない話じゃありませんか、ねえ」

市兵衛は同意をもとめてきたが、季蔵はすぐに相づちは打てず、

――世の中には似た話があるものだな――

いっこうに胸の痛みはおさまらなかった。侍だった頃の許婚《いいなずけ》瑠璃《るり》を思いだしていた。

鷲尾家用人、酒井《さかい》三郎《さぶろう》右《え》衛門《もん》の娘瑠璃は、父の不始末で断絶されようとしていた酒井家を救うために、堀田季之助と名乗っていた、相思相愛の季蔵との約束をたがえ、鷲尾家嫡男影守《かげもり》に嫁したのである。

瑠璃は、類《たぐ》い稀《まれ》な美貌《びぼう》の持ち主であり、以前から、影守は強引に言い寄っていた。許婚の季之助がいるのだから、これはれっきとした横恋慕である。

瑠璃はうんと言わず、父三郎右衛門も、もっともらしい理由をつけて、娘を従わせようとはしなかった。

そこで、業を煮やした影守が奸計《かんけい》を用いて、三郎右衛門を追いつめて詰め腹を切らせ、酒井家の存続と引き替えに瑠璃を手にしたのだった。

──何とも卑怯《ひきょう》きわまりないやり口だった。しかし、その罠《わな》に落ちたこの身の愚かさときたら──

自分の不甲斐《ふがい》なさと悔しさが一緒くたになって、めらめらと思いが燃え上がってきていたが、

──いけない。昔のことは忘れなくては──

季蔵はあわてて、自分の気持を制し、

「徳重はその娘が忘れられなくて、野の花のような町娘ばかり描いたというわけか。たしかに魂の入った、よい出来だな」

畳の上に並んでいる町娘たちの錦絵をながめた。

──今は目の前にある謎を解かなければならない──

「さぞや、当人も満足していたことだろう……」

と言いかけて、季蔵は錦絵をおき玖に渡していた徳重の顔を思いだし、

「ただ、少し、窶《やつ》れていたように見えた。錦絵の町娘たちに魂を吸い取られてしまったかのように……」

首をかしげた。

すると、

「そうでございましょう」

うなずいた市兵衛は、

「もっとも、手前が、〃町娘は徳重さん、さすが、あんたの十八番だよ。あんたをおいて、これほどのものができる絵師など居やしない。後の世で徳重といえば、〈町娘の徳重〉と言われるようになるよ〃と言っていた時は、〃そうか、立花屋、ほんとか〃なんて、喜んでいなすったんですよ。ところがある時を境に、何を言っても、元気のない様子で、ある時、〃町娘なんぞ描かなければよかった〃なんて、ぽつりと言ったんです。この後、ほどなく、おきみさんとおかよさん、この二人が神隠しに遭って、いなくなってしまったんですよ」

聞いた季蔵は、

――やはり、神隠しと徳重は関わりがある。徳重が殺されたのも、きっと、そのせいなのだ――

と確信した。

「想いをかけていて、侍の妾になった娘の名は？」

「たしか、おはまとか……」

「よく覚えていてくれた。この通り」

季蔵は深々と頭を下げて、立花屋を出た。

六

塩梅屋に戻ってみると、おき玖が厨《くりや》にしゃがみこんでいる。

「どうしたんです」

声をかけた季蔵に、

「あたし、怖い」

怯《おび》えた様子でおき玖が顔を上げた。

「いったい、何が起きたんです」

季蔵はぎくりとした。

殺された徳重と町娘たちの錦絵が関わっている以上、おき玖の身に何が起きても不思議はなかった。

――一人にするんじゃなかった――

「さっき、こんなものが裏口に……」

おき玖は襟元からは折り畳んだ半紙を、袖口《そでぐち》からは結んださくら色の和紙を取り出した。

開くと半紙には、朱文字で大きく、

〝次はおまえだ〟

と書かれていた。

結び目を解いた和紙には、

〝命が惜しければ、くれぐれも若村にだけは、行ってはいけない〟

とある。

「若村は、髪結床の浅草の〝若村〟だと思うわ」

おき玖は眉《まゆ》を寄せて、

「おきみちゃんやおかよちゃんも通っていたところよ」

肩を震わせている。

「大丈夫ですよ」

季蔵はきっぱりと言った。

さらに、

「おき玖ちゃんは命に替えてもわたしが守ります。もしものことなどあったら、とっつぁんに申しわけがたちません」

そして、じっと二通の投げ文に見入ると、

――これは書き手が違う。半紙に〝次はおまえだ〟と書いて脅している奴と、若村に行くなと警告している者は同じではない。ただし、若村とこの一連の事件は関わりがある――

そう確信した。今から若村に行ってみたいが、一人、おき玖を置いていくわけにはいかない。

どうしたものかと、朝、魚河岸《うおがし》から仕入れて、とりあえず三枚におろしてある、いなだを一塩にしていると、

「ちょいと寄ってみたぜ」

しばらく現れなかった豪助《ごうすけ》が顔を出した。このところ、あさりを料理に使わないことに

していたので、豪助が季蔵の長屋に立ち寄ることもなくなっていた。

「酒あるかい」

　頼まれたおき玖は驚いて、

「まだ、陽《ひ》が高いわよ」

「実はさ、嫌なもん、上げちまったもんだから、今日は早くしまいにさせてもらったんだよ」

　船頭の豪助が、嫌なものを上げたとなれば、

「土左衛門《どざえもん》だな」

　言い当てた季蔵に、うなずいた豪助は、

「そいつがよりによって、若い女でね。まだこれからだってえのに、こんな目に遭わされちまったのかと思うとよ、やりきれなくなったんだよ」

　落ち込んだ様子で言い、おき玖が差し出した銚子《ちょうし》を手にした。

「殺された痕があったんだな」

　念を押した季蔵に、

「もちろん。首に赤い筋がくっきり付いてた。まちげえねえだろ」

「その土左衛門の身元は？」

「わかんねえ。ただね、後生大事にこんなもんを握りしめてた……」

　そういった豪助は片袖をゆすって、朱色の匂い袋を取りだして見せた。

季蔵は思わず、あっと叫びそうになったが、こらえて、

――死んでいた徳重のそばにあったのと同じかもしれない――

豪助の手から匂い袋を受け取って、鼻を近づけてみた。

――水に濡《ぬ》れていたせいで、弱いが、まだ、微《かす》かに麝香の匂いがしている。まちがいない――

「豪助、悪いがしばらくここにいてくれ」

と頼んで奉行所へと向かった。

門番に言って、田端宗太郎へ取り次いでもらうと、ほどなく現れた骨皮の田端は、相変わらず気鬱《きうつ》でも病んでいるような面持ちで、

「何かあったのだな」

うんざりしたように言った。

「そうなんです」

勢いづいている季蔵は、持ってきた警告の文と、水死体が手にしていたという匂い袋を見せた。

田端はちらりとながめただけで、

「ふーん」

鼻であしらった。

季蔵は立花屋から聞いた話もして、

「徳重さんを殺した下手人が、女も殺して川に放り込んだんです。そして、髪結床の若村とも関わっていて、錦絵に描かれた塩梅屋の娘にも、危険が迫っているんですよ。何とかして、下手人を捕まえてください」

必死に言い募ったが、

「女の土左衛門のことは知っている。誤って……大川に……落ちたのだ。今、さっき、〝むぎ〟の主夫婦が来て、泣き泣き引き取って行った」

田端は間延びした口調ではあったが、しらりと言ってのけた。

「土左衛門が神隠しに遭った〝むぎ〟の娘、おきみだと⁉」

晴天の霹靂《へきれき》とはこのことで、驚きのあまり、季蔵は絶句した。

「だから、もう、われら奉行所は関わりがないことだ」

田端が背を向けようとすると、

「何でです」

たまらずに季蔵は大声をあげた。

「何で奉行所は近頃、殺しとわかっていて見逃すんですか。とっつあんの時もそうだった。きっとわけがあるはずです。教えてください。お願いです」

しかし、立ち止まったものの、田端は振り返らず、ゆらゆらと痩身《そうしん》を揺らせて、立ち去ってしまった。

――畜生、畜生、何でなんだ、何で侍も奉行所も腰抜けなんだ――

こみあげてくる怒りの捌《は》け口を失っている季蔵が、敷きつめてある砂利を蹴《け》って、門の方へと歩いていくと、

「そろそろ来る頃だと思っていたぞ」

烏谷椋十郎が門の前で待っていた。人なつっこい丸顔が温かく笑っている。しかし、

――この人は奉行所を取り仕切る身で、あんなことを同心に言わせている。要はこの人も一つ穴の狢《むじな》だ。当てになどなるものか――

季蔵の怒りは烏谷にも向いている。黙って頭を下げただけで、前を通りすぎようとすると、

「言いたいことのある顔だな」

だが、季蔵はまだ黙っている。

「よく煮えていない豆のような顔だ」

烏谷は、笑いっぱなしの顔で言い、

「豆の半煮えは美味くない。ぶちまけてみてはどうか」

そこで、季蔵は田端に話したのとほぼ同じ話を繰り返した後、心にわだかまっていた、奉行所とお上への思いを一挙に吐き出した。

聞いていた烏谷は、さすがにもう笑ってはおらず、

「たしかに今、奉行所の役人たちは、事件や罪人を増やしたくないと思っている。その姿はきゅうきゅうとしていて、見苦しさを通り越し、気の毒なほどだ。しかし、これにはわ

けがある。上様がそのように願われているのだという……」

苦い顔になって、やや声を低く落とした。

「そんな……、上様ともあろうお方が、下手人が捕まらずに、平気でまた罪を重ねることを願われるなどとは、断じて、考えられません」

季蔵はがんと頭を殴りつけられたような気持になった。侍だった季蔵にとって、将軍家や上様といえば、究極の主君である。

「まあまあ、そういきり立たずに」

烏谷は人差し指を口元に立てて、

「これにはいきさつがある。何年か前の夏、上様は大川の屋形《やかた》船で楽しまれていた。そこへ運悪く土左衛門が流れてきた。不浄なことが上様のお身の近くに起きてしまった、と周囲は色をなくしたが、当の上様は、土左衛門など見えていないかのように振る舞われた。〝よい、日和《ひより》よな〟などとおっしゃったそうだ」

そこで一度、言葉を切った。

「上様は周囲に気遣いをされたわけですね。上様らしいご立派なお振る舞いかと……。ですが、そのことと、奉行所が下手人探しをしないのとはどう、関わっているのか、皆目、わたしにはわかりません」

「上様はご壮健であられるが、なにぶんお年だ。ご老中方、大目付様など、おそば近くにいる方々も老いてきておられる。屋形船でのお振る舞いを、まるで上様が御仏に化身したかのようだと讃えるついでに、今後、土左衛門については、上様を見ならって、詮議《せんぎ》なしということにしては、などと、誰かが言いだしたのが、ことのはじまりだ」

「そんなもの、おかしな追従にすぎませんよ」

「老人たち特有の保身でもある」

「それで、殺して土左衛門にする事件が増えたのですね」

「困ったことだと思っている」

烏谷はため息をついて、大きくうなずいた。

「将軍家はご長寿で、たくさんのお子様方に恵まれているのは何よりだが、安泰も過ぎると澱《よど》んでくるものだ」

独り言のように言った後、

「おきみは殺されてしまったが、おかよはどうなっていると思う」

季蔵の顔を覗《のぞ》きこむようにして見た。

「わしは夏でも甘酒が好きでな。〝さくら〟の常連なのだ。おかよは生きて戻ってきた。危ういところを生き延びたのだ。心配した両親は伊豆の親戚に、ひとまずおかよを預けたが、おき玖のことを案じて舞い戻ってきている。気《き》っ風《ぷ》も思いやりもあるいい娘だ」

――投げ文で警告してくれたのは、おかよだったのか――

「おかよさんに会わせてください」

すかさず季蔵は頼んだ。

七

「わかった。おかよに会わせてやろう」

烏谷はのしのしと巨体を揺すって歩き出した。季蔵がついていくと、烏谷は長次郎がお志摩《しま》と出てきたという、出会い茶屋〝鈴虫〟の裏へと入っていく。

――これは、もしかして、豪助が二人が出てくるのを見たという、いわくの場所ではないか。とすれば、お奉行は何もかもお見通しで、とっつあんや千代乃屋に手を貸していたことになる――

今更のように、北町奉行烏谷椋十郎のはかりしれない力を思い知った気がした。不気味でもあった。

そんな季蔵の胸中を察したのか、

「長次郎に相談されて、お志摩を匿《かくま》うように段取りしたのはわしさ」

烏谷は豪快に笑って言い放ち、

「ここは見知った女の家だ」

狭い間口の二階屋の前に立った。

「昔、芸者をしていた女が、今では長唄の出稽古《でげいこ》で身を立てている。小女《こおんな》が一人増えてもおかしくはあるまい」

烏谷はそういった後で、ぱんぱんと皮の厚い手を叩《たた》いた。訪れたという合図である。

するとほどなく、戸口にかたかたと下駄の音がして、

「いらっしゃいませ」

目元の涼しい年増《としま》が現れた。ほどよく痩《や》せて、背のすらりと伸びた姿のいい女である。

「お初にお目にかかります。涼《りょう》でございます」

お涼は季蔵に深々と頭を垂れた。

「塩梅屋季蔵と申します」

季蔵も相手に倣《なら》っていると、

「世話をかけている。すまん」

今度は烏谷がぺこりとお涼に向かって、頭を下げた。

「何をおっしゃいます、もったいない」

おろおろとお涼は慌て、

「嫌ですよ、そんな堅苦しい真似《まね》。旦那らしくござんせんよ」

はずみで自分の方も取り繕わない、普段の言葉になって、二階を見上げた。

「ところで御用は上様でござんしょう」

聞いた季蔵はすぐに、気づいた。

――おかよさんのことだな――

「元気にしているか」

烏谷が訊ねると、大きくうなずいたお涼は、

「ええ、もう、ぴんぴんしてますよ」

「塩梅屋の娘おき玖を案じる者が、至急、会いたがっている。まずは、そう、伝えてくれないか」

そんなやりとりの後、お涼は一旦家の中に入った。二人はしばらく外で待たされたが、再び家から出てきたお涼は、

「こちらへ」

二人を家の中に招き入れてくれた。

「どうぞ、お二階へ。今、お茶をお持ちいたします」

二階には、豊かな黒髪を艶《つや》やかな桃割れに結った若い女がいた。大きく瞠《みは》った目は潤みがちで、お涼のものと思われる結城紬《ゆうきつむぎ》ではなく、黄八丈《きはちじょう》を着ていれば、立花屋で見た錦絵の美女そのものであった。

「お奉行様」

おかよはすがるような目で烏谷を見た。

「おきみちゃんを殺した下手人は、まだ捕まらないのでございますか」

「案じるな」

烏谷は笑顔を見せて、

「もう少しのところまで来ている」

――まだ、下手人の目星はついていない。いい加減なことを言ってもらっては困る――

聞いていた季蔵は呆れかけたが、

「下手人は必ず、この男が捕らえてくれる」

不意に烏谷の矛先が自分に向いてきた。

――無茶苦茶だ。奉行こそ、腐った奉行所そのものなのかもしれない――

季蔵がたまらなく腹立たしくなっていると、烏谷は、おかよの顔をじっと見つめて、

「それには、おかよ、おまえの助けがいる。おまえが見聞きしたことを、包み隠さず、この男に話すのだ。そうすれば、必ず、下手人を挙げることができる。おきみばかりではなく、徳重の霊も浮かばれるというものだ。このようなところに、おまえが隠れ住むこともなくなる……」

諭すように言う。

「とうとう、徳重さんまで殺されたんですね」

念を押したおかよは顔色を変えていた。

――この娘は徳重の何かを知っている――

季蔵は、

「お涼さん、今日の朝、留守をしませんでしたか」

茶を淹《い》れてきたお涼に訊くと、

「ええ、ご町内のご隠居の稽古をつけに、ちょいとそこまで……」

その言葉にうなずいた季蔵は、

「今日、塩梅屋に投げ文したのはおかよさん、あなたですね」

ずばりと言い当て、まずは、さくら色の和紙を取りだして目の前に置いた。

うなずく代わりに、おかよはうつむいた。

「あなたは、自分と同じように錦絵に描かれた町娘、塩梅屋のおき玖を必死に案じてくれているんですね。おき玖はわたしの恩人の娘で、大事な人なんです。だから、あなたには何と礼を言っていいか、わかりません……」

季蔵は畳みかけるように続けて、

「でも、今のままでは、たとえ、おき玖が髪結床へ足を向けなくても、きっと、あなたと同じ目に遭わされます。もうすぐそこまで、下手人の魔の手は迫っているんですよ」

懐から半紙を出して、おかよの書いたものの隣りに並べた。書かれている朱文字は、憎悪と悪意が凝り固まって、血に飢えた獣のように見えた。

「ああ……」

おかよはため息をついて頽《くずお》れ、ぶるぶると身体を震わせ、

「たくさん……あんな目に遭うのは、あたしと可哀想なおきみちゃんだけで、もう、もう……たくさん……」

はらわたから絞り出すような悲痛な声を出した。

「お願いです」

座っていた季蔵は畳に頭をすりつけた。

「話してください。おき玖を助けてやってください」

必死の思いで頼み続けた。

重い時が刻まれていく。長い辛抱の時間が流れていく。いったい、どのくらいの時がたったのか……。その間、季蔵は畳から頭を離さなかった。やがて、張りつめた空気が和らいだと季蔵が感じた時、

「お気持、よくわかりました。ほんとに、あたしも同じ思い……。話しましょう」

おかよの声がりんと響いた。

季蔵が顔を上げると、おかよはすでに、震えのために前に折っていた身体を、しゃんと起こして正座していた。

「あの日の午過《ひるす》ぎ、あたしは髪結床若村に行きました。若村に入った時、顔見知りのおきみちゃんがちょうど帰るところでした。その後、あたしは髪を結ってもらって、若村を出ました。ところが、いつもの帰り道を歩いていると、不意に何かを嗅がされました。つんとくる嫌な匂いでした。目の前が真っ暗になって、気がついてみたら、布団の上にいました。見たこともないような綺麗な長襦袢《じゅばん》を着ていました。たいそう立派なお部屋でした。池で鯉《こい》の跳ねる音までしていて……。ですから、はじめは、夢を見ているのだとばかり思っていました。でも、少し離れたところに、若村で見知っている、〝むぎ〟のおきみちゃんが寝かされているのを見て、これは夢ではないのだと、だんだん恐ろしくなってきました。〝おきみちゃん〟と、声をかけようとしたのですが、声が出ません。身体も動かせま

せん。目だけが見えるんです。すると部屋の襖が開いて……」

そこで、おかよはうつむいて、言葉を詰まらせ、

「嫌、だめ。やっぱり、ここからのことは、忌《い》まわしすぎて、辛《つら》すぎて、とても口には出せません」

お涼が励ました。

「気持を強く持つのよ。負けちゃだめよ」

一方、烏谷は、包みこむような笑顔を浮かべ、お涼はおかよを案じるあまり、この場に居座っていたのである。

「大丈夫だ。おかよ、おまえはどこも悪くない。だから、恥じ入ることなど微塵《みじん》もない。恥じ入るべきは、おまえたちをひどい目に遭わせた極悪人のはずだぞ」

と続けた。

「その通りですよ。勇気を出してください」

季蔵も相づちを打った。

八

「そうでした」

季蔵の言葉に気を取りなおしたおかよは、

「絵の具箱を手にしていたのは、徳重さんでした。その後ろには、吊り上がった目をした、白く長い顔のお侍さんが居ました。怒った狐《きつね》のような顔のお侍さんは、偉い人らしく、徳

重さんは、震えながら、〝はい、はい〟と話を聞いていました。それから、徳重さんの仕事がはじまりました。その仕事というのは……」

そこで一度言葉を止めたが、

「おきみちゃんとお侍の寝姿を描くことだったんです。おきみちゃん、あたしと同じで、口も身体も動かせないようでしたが、目は見えてましたから、絵に描かれながら涙を流してました。あたし、おきみちゃんが可哀想で可哀想で、あの時のおきみちゃんの顔、忘れることができません。なのに、お侍の方はずっと笑ってたんです。あたし、口惜《くや》しくて……。だから、次に、あたしの番になって、お侍が布団に入ってきた時、絶対泣くまいと覚悟したんです。あたしもお侍との寝姿を描かれました。でも、これで終わったわけじゃありませんでした。お侍が徳重さんに何か耳打ちすると、徳重さん、動けないおきみちゃんを抱き上げて、あたしの隣りに寝かせたんです。そしてまた、徳重さんの仕事がはじまりました。今度の絵は、お侍とあたしたち三人の寝姿です。その間もおきみちゃんはずっと目に涙を溜めてて……、いくら相手が偉いお侍さんでも、こんなひどいこと、あっていいものでしょうか」

おかよは強い目で抗議した。

「思っていた通りの極悪だ」

烏谷は怒りのために真っ赤な顔になった。

「生娘《きむすめ》二人を相手に枕絵だなんて、人でなしにもほどがある。八つ裂きにしたいくらいですよ」

お涼は眉をきりりと上げた。

季蔵のはらわたも怒りで煮えくりかえった。

「その侍がおきみちゃんを殺めたんですか」

――白く長い狐顔――

思い当たるふしがあった。

――でも、まさか――

とりあえずは、心に浮かんだ疑いを追い払った。

「いいえ」

おかよは首を振った。

「あたしたち、嗅がされた薬で時がわからなくなっていました。薬が切れかかると、また、嗅がされて……。徳重さんの仕事は三日三晩かかったようです。仕事が終わると、あたしとおきみちゃんは舟に乗せられました。舟を漕いでいたのは徳重さんでしたが、もう一人、御高祖頭巾《おこそずきん》を被《かぶ》った女の人が一緒で、〝三日三晩もありがとう〟って、徳重さんに言ってましたから。おきみちゃんを殺したのはその女の人です」

「口封じのために、二人で示し合わせていたのだろうな」

烏谷が呟くと、

「そうではないと思います。女の人がおきみちゃんの首に手をかけると、〝約束が違う、殿様はそんなことをしろとは言っていなかった〃と、徳重さんが止めようとしました。女の人は、〃殿様は油断ならぬお方、始末しなければ、側室のあたしが、あんたがずっと想ってくれていたおはまが、お手討ちにされるのよ。それでいいの？〃と泣き叫んで、結局、徳重さんは止められなくなり、すーっと青くなった幽霊みたいな顔で、あたしの方を見て、〃水練はできるか〃と訊きました。あたしがうなずくと、〃逃げるんだ〃と言い、あたしは川に飛び込んで、泳いで逃げたんです」

おかよは逃げ延びられたいきさつを話した。

「つまり、徳重はおはまとやらに操られていたのだな。はて、おはまと徳重はどう関わっているのか」

首をかしげた烏谷に、季蔵は立花屋から聞いた話をした。

「徳重さん、ずっと、おはまさんが忘れられなかったのね。人気が出て、側室になっていたおはまさんまで、その名を知ってしまった。それでいいようにされたのよ」

お涼は言った。

「それじゃ、おはまさんは徳重さんのこと……、両想いじゃなかったってことですか」

驚いた表情になったおかよに、

「舟の中で何か匂っていませんでしたか」

季蔵は訊いた。

「そういえば、いい匂いがしました。眠らせられた時のものとは違うものです」

「そのはずです」

大きくうなずいた季蔵は、

「その匂いの元はこれです」

懐から、麝香を詰めた朱色の匂い袋を出して見せた。

「これと同じものが、死んでいた徳重さんのそばにもあったんです」

「わかりましたよ」

お涼はきっぱりと言い切った。

「そのおはまという人は、嫉妬《しっと》に狂っていたんですよ。たぶん、殿様とやらは、拐《かどわ》かして枕絵を描かせた娘たちを、殺すまでもないと思っていたはず。そんな目に遭った娘たちが、あったことをぺらぺらしゃべるはずありませんから」

「なるほど、そうか。そこまでおはまは、その殿様に惚《ほ》れきっていたというわけか……」

ため息をついた烏谷に、

「だから、おはまは昔馴染《なじ》みの徳重さんに、殿様の望む無体な仕事をさせたのです。その後、女の性《さが》を押さえきれず、嫉妬に狂っておきみさんを殺した。これは死んだおきみさんが握っていた匂い袋です。おはまに首を締められた時、おきみさんが苦し紛れに奪い取ったのでしょう。徳重さんを殺したのは、おかよさんを逃がしたことで、もう使いものにならないと見切ったからでしょう。そして、その時おはまは、もう一つの代わりに持っていた匂い袋を落としたんです。徳重さんの方だけが、今もおはまさんは自分を想ってくれていると、信じていたんですね」

季蔵は、言い切った。

お涼の家を出ると、烏谷は季蔵を髪結床〝若村〟のある浅草へと誘った。

「おきみやおかよは、若村からの帰り道に、拐かされて武家屋敷に連れ込まれている。その屋敷、そう遠くにはあるまい」

そういって、烏谷はじっと季蔵を見つめ、

「白く長い狐顔に心当たりがあるのではないかな」

訊いてきた。

季蔵が黙っていると、

「たしかそちが仕えていた鷲尾家は、本所にあったはずだ」

なおも答えずにいると、

「鷲尾影守。長崎奉行をつとめた影親《かげちか》の嫡男だが、虎の威を借りた狐だという、もっぱらの風評だ。不正、賄賂《わいろ》の長崎奉行などとも陰口を叩かれている。稀代《きたい》の好き者で女漁《あさ》りも手当たり次第らしい。奥方は類まれな美女だと聞いているが、こんな夫を持ったゆえか、体調が優れない日々だという」

と続けたが、季蔵は、

「まずは、若村の主に、客の名をどこかに洩らしていないかどうか、厳しく訊いてみてはいかがでしょう」

鷺尾家の話には一切乗らなかった。その実、

――そうだったのか、瑠璃は身体を壊しているのか、哀れな――

たまらない想いに心が揺れた。

一方、若村の主は、日を決めて、鷺尾家に髪結いに出かけていることを認め、

「殿様はとにかく若い、綺麗な女の話がお好きなんです。どこの誰が来ているのか、いつ来るのかなんてことまで、事細かにお聞きになるんで……ついつい、話してしまってました。嫌だなんて言えませんや。鷺尾の白い顔の殿様は、何だか、ぞくっと来る怖いものがござんしてね……」

と答えた。

「まあ、これで間違いなかろう」

烏谷は確信した。

「といったって、裁くことなんぞ、できはしないんでしょう」

季蔵はむっつりとした顔で、

「お上は上様に倣って、悪いことを見逃そうとしてるし、そもそも町方は武家屋敷には入れないし、打つ手はないですよ」

吐き出すように言った。

「うーむ」

黙り込んでしまった烏谷に、

「でも、おはまはおかしくなってます。思い詰めてますよ」

〟次はおまえだ〟の朱文字を見せて、

「どんな手を使ってくるか、見当もつきません。けれど、いいですよ。誰も当てになんぞしません。おき玖ちゃんは守り抜きます。たとえ、この身に替えても……」

季蔵はきっぱりと言い切った。

そして、その日の夜から、季蔵はしばらく、塩梅屋に泊まった。いつ、誰が、おき玖を拐かしにくるかわからない――。

――瑠璃を守ることは叶《かな》わなかったのだから、意地でも、おき玖だけは守り通したい
――

数日後の早朝、季蔵が魚河岸に立ち寄ると、烏谷が待っていた。

烏谷は、

「そちの言うとおり、町方の力は弱いが、多少の助太刀はできる。このたびの影守の悪事、心あるご老中のお一人のお耳に入れたところ、父影親様に告げられたそうだ。きつく影守は叱責《しっせき》され、もう、そのような恥ずかしい遊びはしないと誓わされたという。下手人のおはまは手討ちになった。これでおき玖の身は心配ないぞ」

笑顔を向けてきた。

季蔵からおよその顚末《てんまつ》を聞いたおき玖は、雨模様の夜空を仰いで、

「今年の七夕で、彦星の徳重さんが遭っていたのは、見せかけの織り姫だったのね」

ぽつりと言った。

折しも七夕の夜であった。

第三話　長次郎柿

一

江戸の秋はまばゆい。青く澄みきった高い空の下、すっくと伸びている柿の木が、橙色《だいだい》の陽《ひ》の光を浴びて、次々に赤い実をつけていく。

塩梅屋《あんばいや》の庭にも、みごとな柿の木が一本あった。長次郎が丹精して育てたものである。

このところ、季蔵《としぞう》はひまができると、離れにこもるようになっていた。塩梅屋の裏手にある離れは、冬でも青々とした葉を繁《しげ》らせている忍冬《にんどう》の垣根で、表の店から隔てられている。

隠居所めいた平屋にすぎないが、厨《くりや》があり、長次郎はここで訪れる客をもてなしながら、北町奉行烏谷椋十郎《からすだにりようじゆうろう》に命じられるまま、隠れ者の仕事に励んでいたという。

――しかし、ほんとうにそうだったのだろうか――

季蔵は未《いま》だにそれが信じられないと感じることがある。

なぜなら、その離れはあまりに簡素である。さびれた船宿ほどの広さである上に、座布団まで摺《す》り切れている。もちろん、使われていた器も極上とは言い難い。

座敷から見える裏庭にしても、苔《こけ》だらけの手水鉢《ちょうず》が一つあるだけだった。烏谷の話では身分のある人たちが訪れていたというが、これでは、あまりに、礼を欠くように思われた。

とはいえ、長次郎が納戸に残した日記には、大店《おおだな》の主《あるじ》の名は言うに及ばず、世に聞こえた旗本家や大名家の名があり、もてなした料理が記されている。例えば、この時季では、

〝美濃屋主　海鼠《なまこ》の腸酢《ちょうず》〟

であるとか、

〝白鷺家《しらさぎ》　土産用　鶏卵《けいらん》〟

などとあった。海鼠の腸酢は、旬のこのわたの酢の物であり、鶏卵はすり鉢で叩《たた》いて粘りけを出した鶏肉に、溶き卵を加えて蒸しあげたものである。どちらにも、煎《い》り酒《ざけ》が使われているはずであった。

他のことは、いっさい書かれていない。

——まるで、また、この料理を作って、もてなせと言っているようだな——

しかし、季蔵には、

季蔵はこの日記に長次郎の遺志を感じはじめていた。

——ということは、この離れで、わたしに裏稼業を継げということなのか——

そこまでの決意はまだなかった。

もっとも、長次郎がもてなしていた客は、身分のある人たちばかりではなかった。

〝太郎兵衛《たろべえ》長屋　持参　長次郎柿〟

とあり、気にかかっていた。

ある日、おき玖《く》にそのことを訊《き》くと、

「ああ、熟柿《ずくし》のことね」

おき玖は知っていた。

「おとっつあんが仕上げる、美味《おい》しい柿が熟柿なのよ。菴摩羅果《あんもらか》のようだと有り難がる人もいるわ」

菴摩羅果とはマンゴーの実である。仏典によれば、死の床にあった古代インドのアショカ王が、半個のマンゴーの実さえ、貧しい人たちに分け与えたとされている。慈悲の心と功徳《くどく》の象徴である。

「柿を仕上げる？」

季蔵は首をかしげて聞き返した。柿は自然に実をつけるものだと思っている。

「今年の柿の出来はどうかしら」

おき玖は柿の木のある、日当たりのいい庭先へ出て、ずっしりとたくさん実をつけている柿の木を見上げた。小鳥が訪れて、無心に柿の実をついばんでいる。

「あらあら、もう、先を越されてる」

おき玖がわざと大声をあげると、小鳥たちは飛び去った。

「そろそろ、もいでしまわなければ」

そういっておき玖は、いきなり、するすると柿の木を登りはじめた。

「大丈夫ですか」

驚いた季蔵が案じると、

「大丈夫。あたしはお転婆《てんば》ですもの。それに、これは、おとっつあんとずっとしてきたことだから」

おき玖は笑顔を向けている。

木の上にいるおき玖は、季蔵に、

「今から枝を折って投げるから、必ず、受けとめてね」

と言い、次々に、枝がついたままの柿の実《や》を投げてよこした。

おき玖はきっかり、三十個で投げるのを止めると木から下りてきて、

「これで充分間に合うはずよ」

早速、熟柿作りをはじめた。

長次郎がやっていた通りと言うので、どんなものかと、季蔵は目を凝らして見ていた。

まず、おき玖は大きな木箱を探し出してきて、中に枝付きの柿をゆったりと並べると、隙間《すきま》を、集めてあったぼろ布で埋めた。

「さてと、これを離れに運ばなければ」

「手伝います」

こうして、柿の実の入った木箱は、離れの座敷へと運ばれた。箱の家には摺り切れた座

布団が重ねられる。

「これで、おしまい。あと、十日もすれば、とろけるような熟柿ができるわ。できたら、おとっつあんの墓前に供えてあげられる」

そういって、おき玖は微笑《ほほえ》んだが、

「これだけですか」

季蔵は訊かずにはいられなかった。

「ええ、そうよ。これだけで菴摩羅果になるとは思えない？」

「決め手が何だか、わからないんですよ」

「決め手なら、きっと、この場所でしょうね」

そういって、座敷を見回したおき玖は、

「ここは昼間でも暗いけど、風が吹き込まずに、意外に朝夕の冷え込みがないんだと、おとっつあん、熟柿を作る時分になると、毎年、繰り返し言ってたわ。それから、はじめは上手《うま》くいかずに、失敗ばかりしてたけど、ある時、そばにあった座布団を載せてみたら、上手くできるようになったって……。おとっつあん、座布団の擂り切れ具合が温かくていいんだろう、なんて言って、熟柿作りに一役かってくれる、ぼろぼろの座布団まで可愛《かわい》くなって、ずっと、そのまま使ってた。だから、あたしも、おとっつあんを倣《なら》ったのよ」

と話してくれた。

こうして十日がたった。熟柿は出来上がった。

「貫禄がありますね」

大きく固かった実が真っ赤に熟れて、ぶくぶくと膨らんでいる。

「食べてみましょうか」

箱の中で柿はすでに枝から離れている。その一つを小鉢に移すと、おき玖は箸《はし》を差し出した。

「こればかりは、柿泥棒の子どもみたいに、がぶりとはいかないのよ」

おき玖はくすりと笑った。

季蔵は箸を使って、皮を取り除きながら、崩れ落ちかけている果肉を掬《すく》って口に運んだ。ねっとりした食味と甘みが何ともいえない美味しさであった。

「そうそう、言い忘れたことがあったわ。たしか、おとっつあん、これは美濃《みの》柿だからできることだとも言ってたのよ。皮が厚いからいいんだって。ほかの皮の薄い柿だと、とろりとしないで、中身が水になっちまうんだって……。それで、おとっつあん、是が非でもって思い詰めて、美濃柿の苗を手に入れて、丹精したんでしょうね」

「そんなにめずらしく、美味《うま》いものを、どうして、三十しか作らないんです」

季蔵は抱いていた疑問をぶつけた。

「あら。だって、太郎兵衛長屋に住んでる人たちの数は、二十六人ですもの。あたしと季蔵さん、お葬式なんかでお世話になった豪助《ごうすけ》さん、それと亡くなったおとっつあんで、ちょうど、三十。おとっつあんなんて、ここのところ、試しに食べる自分の分と、かっきり、長屋の人たちの数しか作らなかったから、あたしがお相伴にあずかったのは、座布団が幸いして、上手くいった最初の年だけよ」

「へえ」

季蔵は驚いて、

「もちろん、深い考えがあってのことでしょうね」

訊かずにはいられなかった。

「深いかどうかはわからないけど、長屋の人たちを裏切りたくないって。それには、熟柿も美味いものの一つ、ぐらいに考えている人たちに食べさせちゃ、罰《ばち》が当たるんじゃないかって……。太郎兵衛長屋は、貧しいお年寄りたちが多いのよ」

「そうだったんですか」

季蔵は今更のように、長次郎の人となりに感銘を受けていた。

――かなわないな……とっつあんが、熟柿をわたしに食べさせてくれなかったのも、まだだ、このわたしが未熟者だったからだろう――

料理人としての新たな闘志が湧《わ》いてきた。

その後、季蔵はこの熟柿を太郎兵衛長屋へと運んだ。太郎兵衛長屋は裏店の片隅にあり、崩れかけて、地にへばり着くように、やっとやっと立ち並んでいた。

熟柿を手にした人々は、「ありがたや、ありがたや」と涙を流して喜んだ。床についていたり、足の不自由な人たちへは一軒一軒訪ねて熟柿を渡した。若い頃は美しかったであろう老婆はまばらにお歯黒が付いている歯をみせて喜んだ。久しく陽の光を浴びていない夜具にくるまった浪人は「生憎《あいにく》、家内がでかけておるが茶を……」と取り繕った。長次郎が亡くなったことを聞くと、また泣いた。帰り際、季蔵は来年も必ず、熟柿を持参してくると約束した。

塩梅屋に帰った季蔵は、ここのところ、店に現れない豪助のために、熟柿を持ち帰った。

二

その豪助がしじみの入った目ざるを手にして、季蔵の長屋を訪れたのは、その翌々日の朝のことであった。

「甘い匂いがする」

気がついた豪助に、

「よかった。間に合った」

季蔵は手を伸ばして、神棚に上げてあった、豪助の熟柿を取った。熟柿の食べ頃は短く、たとえ美濃柿であっても、木箱に入れて十日がすぎると、そう何日も持たず、ぐずぐずと水になってしまうのだという。

「とっつあん仕込みの熟柿だ」

季蔵はそういって、豪助に真っ赤な柿を勧めた。ところが、

「俺はがきの頃から、どうも、柿ってもんが、好きじゃねえんだ」

豪助は嫌なものでも見るかのように、その熟柿を見た。

「そうだったのか。それじゃ、こちらでいただこう」

季蔵は箸を使わずに左の手の平を皿代わりにして、右手で皮を剝《む》きつつ、ずずっとまたたくまに中身を啜《すす》り終わった。そして、

「こんな美味いものを嫌いだなんて、罰があたるぞ」

季蔵の口調はやや怒りを含んだ。

――とっつあんの形見みたいなもんじゃないか――

「嫌いなものは嫌いなのさ」

言い切った豪助は、季蔵のために茶を淹《い》れはじめた。しらりと気まずい空気が流れていることに気がついたのである。

豪助は茶を淹れるのが並はずれて上手く、どうということのない、粗悪な茶葉からでも、驚くほどこくのある茶を淹れた。湯の加減、茶葉の分量、急須での蒸らし具合、ようは、塩梅がいいのだ。

――そういえば、とっつあん、ことあるごとに、どうして、豪助はこんなにいい茶が淹れられるのか、きっと、これにはわけがあるはずだって、言ってたな――

そこで季蔵は、豪助の淹れてくれた茶を一口飲んで、

「前から訊いてみたかった。どうして豪助は茶を淹れるのか上手いのか……。たぶん、茶が好きなんだろうな」

茶で季蔵の怒りが和《やわ》らいだと感じた様子の豪助は、

「兄貴に喜んでもらえてうれしいや」

にっと子どものような笑いを洩らし、

「けど、一人じゃ、ほとんど飲まねえぜ。だから、どうしてなのかなんて、わかんねえんだ。ただね、ちいせえ頃、よく茶を飲まされたような気がする」

「子どもが茶ねえ……」

子どもは茶よりも砂糖湯などを好むものである。

「だからわかんねえんだ。ぼーっとしか覚えてねえんだよ、がきの頃のことは」

すっと笑いを消して、

「そうじゃなきゃ、茶屋通いのせいかもしんねえなあ」

豪助が金稼ぎに必死なのは、看板娘のいる水茶屋に通うためでもあった。

「たしかに茶屋の茶なら旨いはずだ」

茶屋で使われる茶は、蒸し煎茶《せんちゃ》と言って、良質の生茶葉を蒸し蒸籠《せいろ》で揉《も》み乾かし、香り高く仕上げたものである。みずみずしい緑色をしているので青製ともいわれている。煎茶とは質が異なる。

まだ不思議に思っていたが、口には出さなかった。豪助の顔に笑いを戻したかったからである。

——人には踏み入ってほしくないこともある——

「ところで、松葉茶屋のおゆきはどんな様子かな」

季蔵は話を変えた。

松葉茶屋はこのところ豪助が通い詰めている茶屋で、おゆきは看板娘の名であった。

「おゆきは相変わらずの柳腰さ。薄化粧が似合うめっぽういい女だ」

と豪助は答えたが、何か心にわだかまることがあるのか、笑顔はまだ出てこない。

季蔵は、

――もしかしたら、豪助はおゆきの姿をもう見ていないのかもしれない。そろそろ誰かに身請けされたのかも――

何とも複雑な思いになった。

豪助の茶屋通いには周期がある。評判の看板娘がいると知ると、まずは、その茶屋に走って見に行く。好みは決まっている。痩《や》せ型で色が抜けるように白く、言葉数の少ない、楚々《そそ》とした佇《たたず》まいの娘だった。

相手が好みだと一目惚《ひとめぼ》れして、通いはじめるのが常で、その看板娘が大店の息子などに身請けされるまで続いた。そのたびに豪助は、手一つ握ったこともない相手のために甚《いた》く傷つき、荒れて大酒を飲んだ。

「しがない船頭の俺にゃあ、叶わぬ恋だとわかっちゃいるんだぜ。もっともっと銭を使わねえと、どうにもなんねえ」

その時はそう言うものの、時がたって、そこそこ気持が癒えると、またぞろ、豪助の茶屋通いがはじまるのであった。

——大酒につきあう日が近いのか——

季蔵がやれやれと思っていると、

「実はさ、おゆきが消えちまったんだよ」

豪助は肩を落として言った。

季蔵は言わずと知れたことだとは思ったが、

「消えた理由は何なんだい」

一応訊いた。

「それがまた、神隠しなんだと……」

「ほんとうか」

これにも型どおりに驚いたふりをした。

水茶屋つとめのおゆきは、家業を手伝っていて拐《かどわ》かされた麦湯屋のおきみや、甘酒屋のおかよとは違う。素人《しろうと》ではなく玄人《くろうと》である。突然いなくなった理由が、神隠しを装った身請けである場合もなくはなかった。

とうとう、季蔵は、

「神隠しというのは方便なんじゃないか」

と言い切った。

——まるで蛇の生殺しだな。これならまだしも、どこの誰に身請けされたと言ってくれた方がましだ。豪助も大酒を飲んだ後は、すっぱり諦《あきら》めがつく――

豪助を思いやって重い気分になった。

だが、当の豪助は、譲らない。

「俺りゃあ、これは十中八九、神隠しに違いねえと思うぜ。生き証人だって、ちゃんといるんだ」

「それはどういうことだ？」

季蔵が問いつめると、

「おゆきは松葉茶屋からの帰り道、蔵屋敷の前でいなくなった。通りかかった大工の岩吉《いわきち》が、拐かされる時の子どもの泣き声を聞いてるんだよ」

「ちょっと待て。おゆきは茶屋の看板娘だろう。何で子どもと一緒にいたんだ」

「そいつはわからねえ」

豪助は首をかしげた。

「人違いじゃないのか」

すると豪助はむっとした顔になり、

「俺はそこまで間抜けじゃねえぜ」

懐から、平打ちの簪《かんざし》を出してみせた。

「こりゃあ、俺が食うものも食わずに必死に銭をためて、おゆきに買ってやったものさ。おゆきの顔を知ってた岩吉は、これを拾って松葉茶屋に届け、いくばくかの銭にしようとしたのさ」

「とすると、豪助、おまえに岩吉の話をしたのは、松葉茶屋の女将《おかみ》だな」

「そうさ」

そういって豪助は、簪を愛《いと》おしそうに撫《な》でた。季蔵は、

――松葉茶屋の女将は岩吉から買った簪を売ってさやを稼ぐために、わざわざ豪助を呼んだのだな――

水茶屋の女将の抜け目なさに呆《あき》れたが、

――だとすると、これはほんとうに神隠しならぬ、拐かしかもしれない――

と思った。

いくらがめつい女将でも、お大尽が看板娘を身請けしたのなら、かなりの祝儀が懐に入り、ここまでせこく稼ごうとは思わないはずだった。

「子どもが一緒だったことが気になる。松葉茶屋へ行って話を聞こう」

季蔵は、豪助を促して、松葉茶屋へと急いだ。

松葉茶屋の女将さだは化粧焼けのした元遊女である。看板娘になれる、素人臭くて器量のいい女を探し出してくるのが、並はずれて上手かった。これと見込んだ娘は、どの娘もあっという間に人気が出て、年中、松葉茶屋には、老若問わず男たちが群がってきていた。

「あら、まだ何か……」

出てきたさだは、豪助から銭を取ったことなど、けろりと忘れた様子で、迷惑そうな上

目使いで二人を見た。

「ここで働いていたおゆきについて、聞きたいことがあってね」

季蔵はわざとぞんざいな口のきき方をした。

「町方のお手先の方ですか」

さだは目に媚《こ》びを含ませた。

「まあ、そんなところだ」

鋭い目になって答えた季蔵の背を、豪助がとんとんと突いた。そんなことを言ってしまっていいのかと、その仕草が語っている。

――また、はったりを噛《か》ませてしまったが、これは仕方のないことだ――

と自分に言いきかせた。

さだは、

「お役目ご苦労様でございます。どうか、何なりとお聞きくださいませ」

ぱちぱちと目をつぶっては開いて、色香を撒《ま》き散らしている。

「それはいい心がけだな」

季蔵は薄く笑ってみせた。

「ところでいなくなったおゆきは、子持ちではなかったかと思うが、違うか」

ずばりと訊いて、相手を見据え、

「嘘は許さねえぞ」

最後は豪助の口調を真似《まね》た。

三

季蔵に言い当てられて、

「おっしゃる通りでございました」

さだは頭を垂れてみせたが、

「けど、子持ちの女を水茶屋が雇って悪いなんて、決まりはございませんでしょう」

決して、申し訳ないという言葉は口から出さなかった。

「ここに集まる男たちはまさか、おゆきが子持ちだとは知るまいから、客を騙《だま》していたことにはなるぞ」

季蔵はさだの厚顔を憎く思った。

「罪になるんでございますか」

さだはあわてた。

「さてね……」

季蔵は思わせぶりに言った。

「そりゃあ、そっちの出方次第だよ」

「わかりました。話しますよ、洗いざらい、何でも……」

さだは観念して、話しはじめた。

「おゆきはその名の通りの女でしたよ。ほんと、雪のように色白でしたからね、おゆきは……。呉服橋のあたりを、仕立物が入った風呂敷を下げて、子どもの手を引いて歩いているのとすれちがったんです。化粧一つしてませんでしたが、色が白く顔立ちが整っていて、何より、柳腰の姿がよくて、すぐに、この女は磨き方次第で、相当稼げるようになると思いました」

「それで茶屋女になるように誘いをかけたのか」

「ええ、もう、その場で呼び止めて……。もっとも、はじめから、茶屋女にならないかなんて持ちかけやしませんよ。浮かない暗い顔をしてましたからね。何か心配ごとがあるんじゃないかって、案じるそぶりをしたんです。すると、かざり職人の亭主に死なれた後、仕立物で姑《しゅうとめ》と子どもを養ってきて、今はその姑が患っていて、薬代がかかることがわかりました」

「そこにつけこんだ」

「まあ、そうですよ」

さだは取り繕わずに答えた。

「金に困っていなければ、茶屋女などにはなりませんからね。思った通り、おゆきは人気の看板娘になりました」

「磨いた玉はよく光ったわけだ」

「けど、あの子どもにはまいりましたよ」

さだは苦い顔をした。

「おゆきの子か」

「五歳になる男の子でね。平太《へいた》とか言いましたが、毎日、夕方近くなると、おゆきを迎えにくるんです」

「おゆきに子がいることを客に悟られるのを、恐れたのだな」

「当然じゃありませんか。一番人気のおゆきを生娘《きむすめ》だと信じて、かあーっと熱くなり、借金してでも、高い茶屋菓子を買いまくっているお客さんたちが、何人もいたんですから。あんながきにうろうろされたくなんぞ、なかったですよ。ほんと、目障りながきで……」

さだはつい本音を赤裸々に洩《も》らした。

「平太を憎く思ってたろう」

季蔵の言葉に、

「そりゃあ」

さだはうなずきかけた。

「平太さえいなくなれば、おゆきを身請けさせ、がっぽり、稼ぐことができると考えたのではないか。それで平太ともどもおゆきを拐かして、いいようにしようとした……」

言い放った。

「滅相もない」

さすがのさだも、ぶるぶると身体を震わせた。

「あたしゃ、たしかにあこぎなこともしますよ。でもね、やって得にならないことはしませんよ。それにあたしゃ、女を見る目があるんですよ。おゆきのような女はね、子どもや身内のために生きてるんです。まわりにちやほやされたり、自分一人が贅沢《ぜいたく》しようなんてこと、これっぽっちも考えてないんですよ。だから、子どもや身内と離されたら、抜け殻になっちまうか、鴨居《かもい》に紐《ひも》をかけて首を吊《つ》っちまうもんなんですよ」

「だが、是非おゆきを身請けしたいと、熱くなっている方は、とても、そこまではわからないだろう」

「後で分かれば同じですよ。金を返せとは言ってこなくても、じわじわと悪い噂《うわさ》が流れていきます。こういう稼業じゃ、噂ほど怖いものはないんですから……」

「なるほど」

たしかにこれでは得にならないと季蔵は思った。

「ということは、身請け話はおゆき任せだったというのだな」

「ええ」

さだは大きくうなずいた。

「降るほどありましたが、いつも、おゆきはあっさり断ってました」

「平太も一緒にという話はなかったのか」

「あるわけないじゃないですか。うちも、人気水茶屋松葉の看板を張ってるんですよ。平太のことなんぞ、表に出せやしません」

むっつりとさだは答えた。

「平太がいることに気がついていた客も、いたんじゃないか」

「さあ、そんなことまで、あたしゃ……」

知るもんですかと言いかけて、

「そういえば、先月、妙な身請けの話がありました」

「妙というのは……」

「話をしてきたのは、どこぞの大店の番頭さんのようでしたが、身請けといっても、病に臥《ふ》している主の看病をするだけのことで、家族が一緒でもかまわないというんですよ」

「看病をするだけの相手に、結構な身請けの金を払うというのか」

なるほど、妙な身請けの話だと季蔵は思った。

「その番頭は、おゆきの身内についてしつこく訊くんです。どこに住んでいるのかとか、親はどんなことをしているのかとか……。もちろん、適当に答えておきましたけどね」

「賢明だな。ところで、その話、おゆきにしたのか」

「伝えましたとも」

「身請けの額が高かったのだな」

「ええ、まあ、そこそこね。でも、おゆきならこの先、もっといい引きがあると思ってましたから、押すようなことはしませんでしたよ。第一、ちょいと気味の悪い話ですからね」

「おゆきは断った？」

「ええ。おゆきだって、世の中、そんなに上手い話はないとわかってますよ」

「その頃、おゆきの身に変わったことは起きなかったか」

「あるにはありましたよ。おゆきが長屋を誰かに見張られているようだ、後をつけられているような気もするって言い出して、平太や姑を心配してました。でも、そのうちに言わなくなって、突然、平太ともども姿を消しちまったんですよ」

そこで一度言葉を切ったさだは、袂《たもと》から煙管《きせる》を出して一服つけ、すぱすぱと自棄《やけ》のように、青い煙を吐き出しながら、

「ですから、時々、おゆきたちをつけまわしてたあの相手が、とうとう、うんと言わせて、連れてったんじゃないかと思うと、口惜《くや》しくてならなくなるんですよ。おゆきの借金はまだ残ってたし、あたしゃ、まんまと話から外されて、大損させられたんじゃないかって……」

黙って聞いていた豪助が、

「ちっ、それで俺にこれを売ったのかい。とことん、けちな婆《ばばあ》だな。おゆきはあれだけの人気だった。とっくに元は取れてたはずだぜ」

持っていた簪を出して見せ、

「相手がおゆきと話をつけてたんなら、姿を消す時、なんで、子どもの泣き声が聞こえたんだい。おかしいじゃねえか。大工の岩吉の話は嘘なのかい。けち婆、ちゃんと答えろ

よ」

目を三角にしてさだを問いつめた。

「嘘はついてないよ」

豪助にすごまれたさだは、怯《おび》えた様子で、さらに、

「子どもが泣いてたのはおかしい……たしかにそうだね」

自分に言いきかせるように呟《つぶや》いた。

季蔵は、さだに向かって、

「おゆきの住んでいた長屋はどこなのか、教えてくれ」

と頼んだが、さだは首を振って、

「聞いてません」

「そんなことはあるまい。身の上話を聞き出したはずだ」

「住んでる場所までは聞きませんでしたよ。おゆきも言いませんでした。きっと、言いたくない、ひどいところなんでしょ。それに、うちとしちゃあ、おゆきが通ってきてくれてりゃあ、それでよかったんです」

と言った。

四

「次は大工の岩吉だな」

松葉茶屋を出た季蔵は豪助を促して、岩吉の住む、甚助《じんすけ》長屋へと向かっていた。

「岩吉がさだに言っていないことが、まだ、あるかもしれない」

「おゆきは子持ちだったんだ……驚いたね」

呆然《ぼうぜん》と豪助は呟いた。

「少しは熱も冷めたかい」

季蔵は訊いた。

「いや、そういうことじゃなくて……」

豪助はいつになくむずかしい顔をしている。おゆき、おゆきと色恋に血道をあげて、松葉茶屋に通い詰めていた時の、ふやけた豪助とは、まるで別人のような顔であった。

「平太は茶屋女のおふくろを持ってた」

「そうだ」

「平太が可哀想《かわいそう》だ」

「だが、おゆきが茶屋につとめたのは、姑の薬代のこともあるが、平太の先を考えてのことだろう。先立つものがいる。親心だよ」

「そりゃあそうだが、やっぱり、平太が哀れだぜ」

季蔵は、なぜ、豪助がこうも平太にこだわっているのか、不思議でならず、

「どう哀れなんだ」

と、訊いた。

「平太が毎日、犬みてえにおふくろを迎えに行ってたのは、綺麗な着物を着るようになったおゆきが、今までのおふくろじゃねえように見えてたからさ。店に出かけていったら最後、もう、帰ってこねえかもしれねえ、そう思うと、いてもたってもいられずに、気がつくと、松葉茶屋に足が向いちまってたんだろうよ」

「そんなものか」

武士の嫡男に生まれた季蔵は、厳しく育てられこそはしたが、寂しい思いをしたことはなかった。

「そんなもんだよ」

――どうして豪助は、そんなことまでわかるのか――

と季蔵は思ったが、口にせず、

「そうか……」

軽く相づちを打って、その話をしまいにした。

大工の岩吉は運良く家にいた。岩吉の女房お熊《くま》が、他の長屋の連中と井戸端で洗濯をしている最中で、

「このところ、腕を痛めたなんて口実をつけて、ろくに仕事もしねえで、飲んだくれてばかりいるんだから。家にばかりいられても、洗い物が出ないってわけでもないし、まったく……」

亭主の愚痴を言いつつ、威勢よく、手ぬぐいをもんで洗っていた。

「岩吉さんはけがでもされたんですか」

季蔵が訊くと、

「まぬけですよ。仕事をしていて、通りかかった犬に腕を嚙まれたあげく、けつまずいて、よろけちまったなんてね」

大きな身体を揺すって、ぐいっと何枚もの手ぬぐいを絞り上げると、

「おまえさん、お客さんだよ。いったい、いつまで寝てれば気が済むんだい」

岩吉を呼びに行ってくれた。

左足を引きずって外に出てきた岩吉は、青い顔で頭を抱えている。

「岩吉さん、その顔は二日酔いだね」

豪助が言い当てると、

「昨日の夜、いい気持でつい、飲み過ぎちまってね」

岩吉はしぶしぶ答えた。

季蔵は蔵屋敷の前で、おゆき親子の声を聞き、簪を拾ったという岩吉の話を持ち出した。

「松葉茶屋の女将に売ったのは、これだろう」

豪助はここでも簪を見せたが、

「拾った物を売ったまでだ。いったい、どこが悪い」

岩吉は開き直った。

「拾い物を売るのも悪いことだが、子どもを連れた女を拐かすのを手伝うのは、重い罪に

なるぞ」

季蔵は大声で言い、

「岩吉さん、あんたの腕の傷は、平太という子どもに嚙まれたものだ。仕事でついたものではないし、通りかかった犬もいない。何なら仕事仲間に訊いてもいいぞ。足を痛めたのは、平太に嚙まれた時、二人を抱え上げていて、転びかけたからだろう」

と続けた。

青ざめきった岩吉は、

「どうして、それを……」

思わず、口を滑らした。

「語るに落ちるとは、このことだぜ」

豪助は岩吉を睨《にら》み据えた。

「おまえさん」

お熊がさっと顔色を変えて、洗濯をしていた女房たちの手が止まった。岩吉の方は細く小さい身体をぶるぶる震わせている。

「それ、ほんとなのかい」

岩吉にそういったお熊は、季蔵の方を向いて、

「お役目の人ですね」

念を押して、季蔵がうなずくと、ぺたりと井戸端に座って、

「うちには子どもが五人もいるんです。あたしのお腹の中にも一人……。亭主がお縄にでもなったら、あたしたちは、もう、この先、食べていけません。うちの人はろくでなしの馬鹿ですが、悪い人間じゃないんです。悪事を手伝ったのだとしたら、きっと、魔がさしたんです。許してやってください。お願いします」

頭を下げ続けた。

季蔵は、

「まずは、正直にやったことを話すのだ」

岩吉に詰め寄った。

「話すんだよ、おまえさん、何もかも」

意外に優しい顔で、お熊は岩吉を見据えた。

「けど、そんなことをしたらおまえたちが……」

岩吉は怯えた目をしたが、お熊は、

「誰かに脅されてるんだね」

憤然とした表情になって、

「卑怯者《ひきょうもの》」

ぎりぎりと歯がみをした。

「大丈夫だよ。そんな奴、ちっとも、怖かない。殺《や》れるもんなら、殺ってもらおうじゃないか」

どんと一つ厚い胸を叩いて、

「あんたがお縄にされたら、どうせ、あたしたち親子は飢え死にするしかないんだからね。だから、お言い。言ってしまって、胸に澱《よど》んでる悪いものを、すっかり吐き出しておしまい、さあ」

岩吉を促した。

「わかった」

決意を固めた岩吉は、

「以前からあっしは、太郎兵衛長屋に出入りしてました。大家さんに頼まれて、屋根の雨漏りを直してたんです。太郎兵衛長屋といえば、年寄りの貧乏人と相場が決まってますが、そんな中に、おゆきと平太が、姑のよねと一緒に引っ越してきました。おとどしのことだったと思います。掃き溜《だ》めに鶴《つる》とはおゆきのことでした。そのうちに、松葉茶屋でおゆきが働いていることを知りました。驚きましたが、あっしは根が浮ついてるんでしょうね、自分だけが知ってしまったおゆきのことを、誰かに言いたくて仕様がなくなって……、何しろ、おゆきは大変な人気者ですから……、つい、雇われた先で洩らしてしまいました」

「雇われた先とは?」

「永代橋近くの京菓子屋、柳屋《やなぎや》というところで、隠居所の建て直しがあっしの仕事でした」

「その柳屋の番頭におゆきと平太を拐かしてくるよう、頼まれたのだな」

「へい」

首をすくめた岩吉に、

「何でそんなひどいことを……。自分にも子どもがいるっていうのに……」

血相を変えたお熊が、岩吉の襟首をつかんだ。ぜいぜいと岩吉はむせて話せなくなり、

「まあまあ、そのくらいにして」

豪助が止めに入った。

「柳屋の番頭さん、忠助《ちゅうすけ》さんは、話をもちかけてきて、あっしが渋い顔をすると、これは身請け話で、いいことなんだと繰り返し言ったんでさ。おゆきとの間の話はついてる、因業な女将に渡る金をおゆきが子どものために欲しいと言ってて、それでちょいとした、神隠しの芝居を仕掛ける、その手伝いをするだけだって……。子どもはまだ小さくて、事情がよくわからないから、騒ぐかもしれないが、一切、気にすることはないって……。それで、松葉茶屋からの帰り道、二人を待ち伏せしていて、引っ担ぐと、忠助さんが乗っていた船まで、夢中で走ったんでさ」

そこで一度、言葉を切った岩吉だったが、

「けど、後で考えてみると、どうにもおかしい、納得がいかねえ。おゆきがあげた声は切羽詰まってたし、平太が思いきり俺の腕を嚙んできた時も、止めようとはしなかった。ひょっとして、これは芝居じゃねえんじゃないかと思いはじめて……、そうなると、俺は拐かしの片棒担いだことになるんだと思うと、もう、怖くて、怖くて……。平太に嚙まれた

傷やよろけて傷めた筋も痛む。貰《もら》った雀《すずめ》の涙ほどの礼金で、酒でも飲まなきゃ、いられねえ気分でしたよ。そのうち、その金も底をついて、酔った勢いで、松葉茶屋におゆきの簪を売りに行ったんでさ」

「おめえは、とことん、情けねえ奴だな。おおかた柳屋にも、その調子で、もっと金を出せと言いに行ったんだろ。それで、反対に口止めされて脅された」

豪助は吐き出すように言った。

「へえ、その通りでさ」

弱々しくうなずいた岩吉に、

「許してください」

またしても、お熊は井戸端に屈《かが》み込んだ。

「この人がそんな汚い真似をしたのも、きっと、あたしや子どもたちのためなんです。そうに決まってます。ですから、どうか、どうか、お許しを」

必死のお熊の懇願に、

「わかった、わかった」

もとより、お手先などではない季蔵には、岩吉を奉行所へ引き渡す気など毛頭なかった。

「これからは女房、子どもを泣かすようなことはするな」

といって、豪助と共にその場を立ち去った。

五

次に向かうのは太郎兵衛長屋だった。道すがら、豪助は、

「あんな岩吉なんぞ、いっそ、お上に突きだしちまえばいいんだよ」

整った顔を歪《ゆが》めた。

「そうしたら、お熊や子どもたちは日干しになる。豪助もほんとうはそうは思ってないはずだ」

答えた季蔵に、

「俺も小さい頃、太郎兵衛長屋みてえな長屋に住んでた。雨が降ると中にいても、雨がざあざあ降り込んできて、外にいるのと変わらねえ。大家はけちで因業と決まってるが、何とか繕わねえと、畳はおろか屋台骨まで湿って腐っちまうから、時々大工が出入りしてた。そっくりだよ」

豪助は幼い頃の話をはじめた。

「そして、おやじってえのは、かざり職だったが、岩吉みてえな奴だった。いい奴だって信じてるのは女房だけで、ちっぽけな悪党さ。おふくろは苦労のし通しだったんだ。お熊と違うところは、子どもは俺一人だったし、おふくろはお熊ほど肝が座っちゃいなかった。おやじが何かしでかすたびに、部屋の隅でしくしく泣いてた。そんなある日、おやじは、とうとう、前から目をつけられていた岡っ引きにあげられて、所払いになった。おふくろ

と俺は二人になっちまった。姑がいなきゃ、おゆきや平太と同じだよ」

そこで話すのを止めた。

季蔵は、

──その後、豪助と母親はどうなったのだろう──

と気にはかかったが、自分から訊こうとは思わなかった。

──話したければ話すだろう──

二人は太郎兵衛長屋へと入る路地にさしかかっていた。

すると路地の向こうから手が上がって、

「おーい」

大きな声がした。

「塩梅屋さん」

「おーい」

相手はこの間、季蔵が熟柿を届けた時に、長次郎柿は菴摩羅果より美味しいと言った、白髪の老人であった。

「こんなに早く来てくれるとは……」

老人の名は源蔵《げんぞう》という。元は腕のいい錠前直しである。太郎兵衛長屋に移り住んで長く、今は長屋のまとめ役であった。

「急によねさんの具合が悪くなってね。それで、少し前に、使いを塩梅屋さんに出したところなんだ」

「よねは、おゆきの姑で平太のばっちゃんだろ」

「おゆきさんと平太がいなくなっちまってから、よねさん、どんどん悪くなって……。食はほとんどないし、効いてた医者の薬も飲んでねえようなんで、このままじゃ、死んじまう……。それで、いよいよ、塩梅屋さんを呼ぶしかなくなった……」

「とっつあんは病の治療もしてたんですか」

季蔵は、知らずと顔が強《こわ》ばってきていた。これればかりは寝耳に水である。

――料理人にそんなことができるのか――

だが、源蔵は、胸を張った。

「そうともさ。長次郎さんの粥《かゆ》なら、水も入らなくなった病人でも、喉《のど》を通るんだから、不思議だった。そのおかげで、命をとりとめた者もいるし、臨終に身内を呼ぶことができて、うれしい、よかった、ありがたいと、涙を流しながら逝った者もいる」

「そうだったんですね」

事情はわかったものの、季蔵の不安は去らなかった。

――その粥はどうやって作ったらいいのか――

一方、源蔵の方は、

「塩梅屋さんが来てくれたのだから、もう安心だ。よねさん、よねさん」

よねの家の油障子を開けた。

一間しかない畳の上に寝かされているよねは、やっとやっと身体を起こして、

「こんな年寄りのために、わざわざ、いらしていただいたなんて、罰が当たりますよ」

何度も頭を下げたものの、

「あたしはもういいんです。嫁や孫がいなくなって、独りぼっちで生きているなんて、とても、できやしません。死んで息子のところへ行きます。逝かせてください。お願いです」

繰り返すばかりだった。

「こんな調子で何も食べないのさ。水だけは飲んでいるが……」

源蔵はため息をついた。

――これは病のために食べられないのではないな――

季蔵はよねが、顔色は悪いが、肌はまだそれほど乾いていないことに気がついた。

ほどなく、塩梅屋へ走らされた者が戻ってきた。

「こん中じゃ、一番若いといっても、ぼちぼち、あっしも六十ですからね」

息を切らしている五助《ごすけ》は、

「おき玖さんって人がこれを……」

熟柿を一つ、差し出した。

「何でも、仏壇に供えてあったものだそうで」

――最後の一つだな――

けれども、熟柿では粥は炊けなかった。米と、長次郎なら、たぶん隠し味に使ったであろう煎り酒がいる。しかし、おき玖が渡してきたのは熟柿だけだった。

――これだけか――

呟きかけた季蔵は、はっとおき玖の意図が読めて、

「およねさん」

よねの枕元に近づくと、

「これは長次郎の位牌《いはい》に供えてあったもの。あの世の長次郎が食べた、有り難い熟柿なんだ。あんたもこれを食べれば、きっと御利益がある。息子さんのところへ行けるかもしれないし、いなくなった嫁と孫が帰ってくるかもしれない」

と言って、熟柿を勧めた。

「そんな、もったいない」

よねは尻込みしたが、

「そうだ、そうだ、熟柿はよねさんの大好物だった。何日か前に、この人が届けてくれた時も、これだけは喉を通ったじゃないか。話によると御利益もあるそうだ。さあさ、食べなされ。食べなされ」

源蔵も後押しをした。

このような押し問答がしばらく続いた後、

「それでは……」

やっとよねは熟柿を口にした。

――柿は滋養があると聞いている。きっと、これでしばらく身体はもつだろう――

まずは一安心して、季蔵は太郎兵衛長屋を後にした。豪助と別れて向かったのは、お涼の家であった。

どうしても、北町奉行烏谷椋十郎と話をしなければならない。

「烏谷の旦那に御用なんでしょう」

出てきたお涼に言い当てられて、季蔵が戸惑っていると、

「旦那には、あんたが来たら、昼でも夜でもかまいなく、報《しら》せるようにと言われてるんですよ」

持ち前の涼しい目尻に微笑を含ませた。

「今、すぐ、伝えに行ってもらいますからね」

甘酒屋〝さくら〟のおかよは、もうここにはいない。烏谷から顚末《てんまつ》を聞いたおかよの両親は、一家で親戚のある伊豆に旅立って行った。鷲尾影守が裁かれない以上、生き証人として、娘の身に、危険が及びかねないと判断したのである。

奉行所へ行っていた小女《こおんな》が文を携えて戻ってきた。文には、今宵、お涼の家で待っていると書かれていた。

季蔵は店が退けるのを待って、お涼の家を再び訪ねた。

すでに、烏谷椋十郎は来ていて、客間で酒を飲んでいる。相変わらず、烏谷はゆったりとした、不思議に心なごませる温かさを、大きな身体全身から醸し出している。

「しばらくだな」

烏谷はうれしそうな笑顔を浮かべて、まずは、

「どうだ、今年の熟柿の出来は？」

と訊いてきた。

「熟柿をご存じでしたか」

「もちろん。これだけは娘に教えておいて、自分がいなくなるようなことがあっても、届け続けるんだと言っていた。届ける先は言わなかったが――。それで、長次郎はなかなか、このわしには食わせてくれなかった。届ける先の数の分しか、作る気はないというのさ。仕方なく、わしは、味見の時に押しかけて、長次郎が味見した半分をやっと食わせてもらったことがある。この世のものの味とは思えぬほど、美味かった。美味すぎて怖かったほどだ」

烏谷はただただ無邪気に、長次郎の熟柿を褒め称《たた》えた。

「今も同じですよ」

知らずと季蔵は微笑んでいた。

「そうか、それはよかった」

うなずいた烏谷は、

「きっと、あの世の長次郎も喜んでいるだろう。あの男ときたら、熟柿を作る頃、それはそれはうれしそうにしていたものだ」

しみじみと言った。

熟柿の話が一段落したところで、

「実はお話があります」

「わかっている。それを聞きにきたのだ」

烏谷は顔から笑みを消した。

六

そこで季蔵は、長次郎が熟柿を届けていたのは、太郎兵衛長屋だったのだと告げると、

烏谷は、

「いつ屋根が落ちてきてもおかしくないと、悪名高い、あの太郎兵衛長屋か」

と念を押して、

「そこへ熟柿をとは、長次郎らしいな」

大きくうなずいた。

「お話ししたいのは、この太郎兵衛長屋に関わりのあることなんです」

「ほう」

烏谷は意外そうな顔をしたが、住人であるおゆきと平太が神隠しにあったいきさつに及

ぶと、

「すると二人は今、永代橋の柳屋にいるというのだな」

いつになく気むずかしい顔になって、

「あの柳屋か……」

独り言のように呟いた。

季蔵は、聞き逃さなかった。

「柳屋をご存じなのですね」

「ああ」

「どんな店なのです」

「京風の菓子屋だ。どの菓子も目の玉が飛び出るほど高い」

「ということは、商いはお大尽相手ですね」

「その通り。裕福な商人や旗本、大名などが、茶の席などでは必ず使う」

「主はどんな人ですか」

「柳屋虎之助《やなぎやとらのすけ》のことか」

「ほかにいるんでしょうか」

「隠居した虎翁《とらおう》がいる。主は虎之助の方だが、今でも実権は虎翁が握っている」

「柳屋の仕事は菓子作りだけではありませんね」

長次郎の仕事が塩梅屋だけではなかったことを、季蔵は思いだしていた。

「その通りだ。柳屋が菓子屋の他に何をしているか、そちなら、もう、およその見当はついているだろう」

「老中や大目付などの御重職方に、便宜をはかってもらいたい人たちが大勢います。柳屋はこうした人たちの仲介をやっているのではないかと思います」

烏谷は黙ってうなずいた後、口を開いた。

「もっとも柳屋が今日のようになったのは、虎翁の時からだ。それまでの柳屋は京の老舗《しにせ》の暖簾《のれん》を分けてもらっただけの、吹けば飛ぶような店だった。そこへ旗本の次男坊が婿養子に入って主になった。今や柳屋には、菓子など売っていては、何代かかっても築けぬほどの財がある。すべて虎翁一人で築いたものだ。だから、誰も頭が上がらない」

「虎翁という人は……」

「六十をすぎた老人だ。欲という欲のすべてを絵に描いたような男だ。好きになれる者はおるまい」

そこで一度言葉を切った烏谷は、

「それでそちはどうしたいというのだ」

どことなく歯切れの悪い口調で季蔵に訊いた。

「二人を太郎兵衛長屋で待っている、よねさんのところに帰してあげたいんです」

「しかし、それを二人が望んでいるかどうか……」

「拐かされたのですから、逃げ帰りたいに決まっているでしょう」

「だが、今はどうかな」

烏谷は首をかしげた。

「どういうことです」

「太郎兵衛長屋の畳はぶかぶかで、百足《むかで》の巣になっているところもあるという。そんなところに二人が帰りたがっているとは、わしには思えんな」

「でも、よねさんは待ってるんですよ。二人がいなければ命があっても仕方ないとまで、思い詰めているんです」

「よねとやらの老い先はもう長くない。それはそれでいいではないか」

さらに、

「二人は柳屋の贅沢な暮らしに慣れて、よねのことなど、思いだしもしないかもしれぬぞ」

「聞きずてなりません。あなたがそんな風におっしゃるとは……」

季蔵は青筋を立てていた。

「わたしは二人に会ってよねさんのことを伝えたいのです。それで二人がよねさんではなく、柳屋で暮らす方を選ぶのなら諦めます。けれど、今はまだ、そんなことは決してあり得ないと信じています。わたしが柳屋で二人に会えるように、何とか、はからっていただけませんか」

深々と頭を下げた。

「それは難儀だな」

苦い顔になった烏谷に、

「あなたはお奉行様でしょう。柳屋とつきあいがないなどは言わせません。あなたならできるはずです。この通りです」

畳み込むように言った。

烏谷は自分がたじろぎかけていることに気づいて、

――さすが、長次郎が目をかけていただけの男だ――

季蔵の不快と感じさせない押しの強さに舌を巻いた。

何としても手先に欲しい。長次郎の後を継がせたいという兼ねてからの思いはますます募り、

「たしかにそちのいう通りだ」

烏谷は柳屋との縁を認めた。

「柳屋では、いつとは決めず、茶会と称しての集まりが催される。わしが招かれることもある。その時は必ず行く。だから松葉茶屋に現れた番頭の忠助とも、古くからの顔馴染みだ。行けば滅多なことでは顔を合わせない、会うことを許されない方々に遭うこともある。その時どんな話が出るかはそちの想像に任せよう」

「千代乃屋が老中を動かして、自分の息子の罪を隠そうとしたのも、舞台は柳屋ですね」

烏谷は感心して、

「まあ、そんなところだろう」

と言うと、季蔵は、

「それでは是非わたしをその席に」

抜け目なく懇願した。

「それは無理だ」

烏谷は苦笑して、

「柳屋の虎翁が呼ぶと決めた時にしか、誰も茶席には呼ばれない。それが柳屋の茶席の決まりだ」

と言い切った。

「そうですか。そうなるともう、忍び込むしか手はありませんね」

「柳屋はただの菓子屋ではない。泥棒よけも並みではないと聞いているし、用心棒まで雇っている。そこへ忍び込むのは屍《しかばね》を晒《さら》しに行くようなものだ」

「とはいっても……。それにわたしにも多少の剣の心得はあります」

切羽詰まっているせいか、捨てたはずの刀にすがる心持ちになっていた。

烏谷はじろりと季蔵の腰のあたりをながめて、

「そう言うからには、相当の腕前だろう」

と言い、

「だが、刀を捨てて何年になる？」

からな……」

「それは危ない。かつて、腕に自信のあった者ほど、取り返しのつかないことになる。だからな……」

烏谷はぎょろりと大きな目を剝いて、

「刀を使わずに柳屋へ入るのだ」

「そんなことが……」

季蔵にはできるとは思えなかった。

「虎翁は美味いものが好きだ」

「そうでしょうね」

金にあかして美味いものを食い漁《あさ》るのが、江戸の金持ちの証である。

「菓子屋をしているが、ほんとうは水菓子が好きなのだ」

「旬が味わえますからね」

「中でも柿が大好きなのだ」

季蔵は、

「まさか、熟柿なのでは?」

「いいや、そのまさかの熟柿だ。それも、そんじょそこらの熟柿では喜ばない。かなり以前のことだったが、わしは長次郎にねだって、五個ばかり多く熟柿を作ってもらったことがあった。その時はなにがなんでも、虎翁の機嫌を取り結ばねばならなかったのだ」

「でも、もう、長次郎の熟柿はありませんよ」

最後の一つはよねの口に入って終わった。

「柳屋にはみごとな柿の木がある」

「でも、美濃柿でないと……」

「案じるな、あるのはその美濃柿だ。虎翁のような熟柿好きが、他の柿を植えさせるものか。何でも二、三年前から実をつけはじめたと聞いている」

「では、さぞや、美味しい熟柿ができることでしょう」

「ところができない」

「そんなことが……」

あるはずないと続けかけて、長次郎も当初は失敗ばかりしていたと、おき玖が話していたことを季蔵は思いだした。

烏谷は、

「虎翁は今でも柿の頃、わしと会うと長次郎の熟柿の話をする。あれほど美味いものはなかったと……今にも、涎《よだれ》を垂らさんばかりにな。そして、どうして、うちの柿ではだめなのかと、後は嫁などの悪口に続く。いいか、季蔵、これを使うのだ。そちは柳屋の美濃柿で長次郎の熟柿を作る、その腕前があるというふれ込みで柳屋に入るしかない」

と言った。

七

翌々日の午過《ひる》ぎ、季蔵は柳屋の前に立っていた。柳屋の店構えはそれほどのものではない。間口が狭く、看板も目立つ大きさではなかった。一見は、うっかりしていると、通りすぎてしまいそうな、小さな商いにさえ見える。しかし、

——ここには、まちがいなく、世や人を動かす、政《まつりごと》や商いの魑魅魍魎《ちみもうりょう》が蠢《うごめ》いているのだ——

そう思うと季蔵は身震いが出た。

——表がこれだから、おゆきたちが囚《とら》われ同然になっている、虎翁の隠居所はよほど奥にあるな。これはよくよく覚悟してかからねば——

決意のほどを握った両手のこぶしにこめた。

「これはこれは」

番頭の忠助は、ぺこぺこと頭を下げて出迎えた。

忠助は愛想を絵に描いたような中年男だった。愛想笑いの中に沈んでいる小さな目は、小鳥の目のようにつぶらで、白いものが混じった鬢《びん》にそぐわないように見える。しかし、よく見ると、そのつぶらな目は実はしたたかそのもので、常にせわしく動いては、相手の所作を見張っていた。

「よく来てくださいました」

忠助は相手が料理人だというのに、言葉遣いまで丁寧だった。おそらく、柳屋の裏稼業に鍛え抜かれてのことだろう。

そういえば、柳屋に話をつけてくれた烏谷が、

「そうそう、思いだした。柳屋の茶会は、たいていは夜なのだが、その日は相手の都合で午時《ひるどき》と伝えられてな、あろうことか、奉行以外の姿をして来いなどとも言われた。仕方なく、その手の衣装貸しへ立ち寄り、越中の薬売りになって行ったことがある」

と苦笑いを洩らしていた。

——つまり、姿形で相手を見ることはしないのだろう——

しかし、別の解釈をすれば、

——奉行が伝えた、わたしが料理人だということも、真からは信じていないことになる——

季蔵は忠助のよく動く目が不気味だった。

——手強《てごわ》い——

それゆえ、頭は一度下げただけで、愛想笑いは返さなかった。

——とっつあんならどうしただろう——

親切で人情に厚い長次郎だったが、どんな相手に対しても寡黙だった。もちろん、目上の相手にへつらうこともなかった。季蔵は知らずと長次郎に倣っている。

「醍醐味屋《だいごみや》さんとおっしゃるのですね」

季蔵は塩梅屋と名乗らず醍醐味屋新蔵《しんぞう》で通すことにしていた。

忠助は季蔵を店の中へと招き入れた。驚いたことに店の棚に菓子は一つも並んでいない。

季蔵の目線に気づいた忠助は、

「手前どもは、店売りはいたしておりません。ご注文をお受けしてからお作りするのですよ」

と言った後、

「上様はご壮健でお子様方がたくさんおいででしょう」

話を変えたのかと思ったが、

「たとえ上様のお子様方でも、子どもは子どもです。子どもは菓子が好きと決まっていますから、うちでは、毎日のように、千代田のお城へ届けなければならないのですよ。もう、これだけでも四苦八苦で……、いやはや、とんだ愚痴話をお聞かせしてしまいました。わたしとしたことが……」

頭を掻《か》いてみせた。柳屋の暖簾自慢である。

この後も季蔵は長い廊下を歩かされた。狭い廊下はくねくねと続いていて、奥へ奥へと進んでいく。突然、襖《ふすま》ががらりと開いて、刀を抜いた浪人姿の男たちが飛び出してくると、
忠助は、

「大旦那様にお客様です」

用心棒たちにも柔らかな物腰で、にっこりと笑った。

「物音がしたものですからな」

男たちは、ばつの悪い顔になって、部屋へと戻り、襖は元通りに閉められた。

「何しろ、物騒な世の中ですからね」

忠助は用心棒たちについて、一応の説明をした。

「たしかにそうですが、多勢には驚きました」

季蔵はさらりと受け答えた。

虎翁のいる離れは渡り廊下でつながっていた。新築のよい木の香りがしている。部屋の前に座った忠助は、

「醍醐味屋さんをお連れいたしました。よろしいでしょうか」

主にうかがいを立てると、

「よし、入れ」

中から野太い声がした。

虎翁は中肉のがっしりした骨組みの老人であった。贅を尽くした大島紬《つむぎ》を寝間着代わりにしている。真っ白な総髪が、四角くいかつい大きな顔を取り囲んでいた。食い入るような目で相手を見据える癖があった。

女が虎翁のそばに控えていた。おゆきにちがいない。持ち前の白い肌は抜けるようだったが、美しいというよりも、表情が乏しく、生気のない人形の顔に見えた。季蔵と目が合っても、伏せるだけである。

――行く末を諦めかけている女の顔だ――

以前にも見たことがある、と季蔵は感じた。なぜか、たまらない気持になったが、今はその気持に浸っている場合ではない。

「ゆきえ、ちょっと」

「はい」

答えたのはおゆきで、虎翁のそばへと弾《はじ》かれたかのように膝《ひざ》を進めると、虎翁の腕を取った。

「厠《かわや》へ行くぞ」

上体だけ肘掛《ひじか》けにもたれていた虎翁は、身体が不自由であった。おゆきの肩にすがって、よろよろと立ち上がったが、その際、素早くおゆきの袖口へ手を入れた。

「大旦那様」

顔一面を朱に染めたおゆきは、小さく苦しげに叫んだが、虎翁は、

「いいではないか」

薄く笑って手を入れたままであった。

そのまま、二人は廊下へと出て行き、ほどなく戻ってきた。再び虎翁は肘掛けを使い、おゆきはやや離れた場所に座った。

――よかった。おゆきの心はまだ死んではいない。だが、おゆきは、日に何度も今のように呼ばれて、今のような思いをしているのだ。そのうちにおかしくなってしまう。何と

かしなければ——

　そう思った季蔵は、目の前の虎翁への憎しみに燃えたが、顔には出さず、

「醍醐味屋新蔵でございます」

　丁寧に挨拶《あいさつ》をすると、

「忠助、よいな」

　虎翁は牙《きば》のような目で季蔵を見据えつつ、番頭に何やら命じた。

「はい」

　緊張した面持ちの忠助は、

「ところで、醍醐味屋さんは、庭にある美濃柿を熟柿に変えることができるとうかがっておりますが、ほんとうにそんなことができるものなのでしょうか」

　よく動く目で訊いてきた。

「ええ、もちろん」

　季蔵は大きくうなずいた。

「そうでございましょうね。それゆえ、ここまでおいでになられた」

「そうですとも」

「ただ気になることがございまして」

「何が気になっているのです？」

「熟柿の逸品を、ここの大旦那様がたいそうお好きなことはご存じですね」

そこで虎翁は、

「あれほど美味いものは食べたことがない。まるで、女の美肉のようではないか。できれば飽くほど食べてみたいものだ」

ため息と共に本音を洩らした。

「よく存じていますよ」

季蔵は、断言した。

「大旦那様は、いつだったか、熟柿を、ある方から贈られて食べ、以来、忘れられなくなったのです。その熟柿が銭金を積んでも手に入らないものだとわかると、美濃からこれ以上はないという、大きくてよく実のつく柿の木を取り寄せられ、庭に植えられました。ところがいっこうに……」

「実がつかない？」

「いえ、実はつくにはつくのでございますが、実が固いうちに枝ごと取って、風の当たらない場所に置いているというのに、皆、熟れるどころか、固いまま萎《しぼ》んでしまうのですよ」

これを聞いた季蔵は、

——何だ、やっていることは、うちと同じじゃないか——

内心たじろいだ。

忠助は、

「きっとそちらには、秘伝の技があるのでございましょうね」

と言い、無言の虎翁は抉《えぐ》るように見つめてきたが、季蔵は顔をそむけて、むっつりと黙りこんでしまった。

――秘伝などあるものか。襤褸《ぼろ》になった座布団とあの離れの暗い客間が、この時期、熟柿に適した室《むろ》になっているだけのことで――

ふと不安が心をよぎった。

するとあわてた忠助は、

「これは熟柿作りの名人のお方に、大変なご無礼を……どうか、どうか、お許しくださいませ」

また、ぺこぺこと頭を下げた。

「おそらく……」

季蔵はもったいをつけて、

「実の出来が今一つなのです。柿の木の植え替えが禍《わざわい》しているものと思います」

もっともらしい物言いをして、

「何、心配はご無用です。醍醐味屋直伝の技により、極上とはいえぬ柿の実も、仏典にある菴摩羅果のごとき、ありがたい甘みに変えてさしあげます。しかとお約束いたしましょう」

と続けた。

そこへ、母屋の方から、子どもの泣き声が聞こえてきた。

「いやだあ、いやだあ。俺、いやだあ」

季蔵は平太がいることを確信し、胸を撫で下ろしたが、おゆきは、はっと顔色を変えて一筋、二筋、涙を流していた。

八

「菴摩羅果と言ったな」

虎翁は目を輝かせた。

――よし、ここだ――

勢いづいた季蔵は、

「何でも、天竺《テンジク》では、菴摩羅果は長寿の実と言われているそうです。霊験あらたかなもののようですね」

さらに押した。

忠助は、

「おお、ありがたい、ありがたい。菴摩羅果と申すもの、きっと、金にも勝《まさ》るありがたい、召し上がりものにちがいありません。そんなものがあの大きな柿の木の実の数、できあがるんでございますよ。お集まりになる皆様方も、きっと、争って、味わいたいとおっしゃるはずですから……」

興奮気味に算盤《そろばん》を弾きかけると、

「黙れ」

と忠助を一喝して、

「その菴摩羅果、誰にも食わせぬ。このわし一人で食うのだ。なぜなら、このわしが一番だからだ。わしが江戸の闇《やみ》をしきっている。闇をしきる者が江戸をしきる。お上などではないぞ」

虎翁は言い切った。

聞いている忠助はおろおろして、

「大旦那様、ここで、そんなことまでおっしゃっては……」

季蔵がいることを気づかったが、虎翁は、

「うるさい、黙れ、黙れ」

大声をあげて、蠅《はえ》を追うように、忠助の言葉を封じた。

一方、季蔵は、

――老いた虎翁は分別がなくなっている。これなら、やれるかもしれない――

多少の希望が湧いてきた。

さらに、虎翁は、歯のない口をすぼめてふわふわと笑い、

「うちのろくでもない渋柿を、菴摩羅果に変えてくれるというのなら、礼はたっぷり弾むぞ」

季蔵を見る目を和ませた。

「ありがとうございます」

深く一礼した季蔵は、下を向いたまま、

「されど先ほどのように、わたくしどもの秘伝を、お疑いになられるようなことがあっては、正直申し上げて、菴摩羅果をお作りすることはできないのです。わたくしどもの秘伝には、いろいろとありまして……」

「つまり、うるさいことは言うなというのだな」

「はい。まことにあつかましいお願いではございますが……」

季蔵の目はまだ畳のへりを見ている。

すると虎翁は、

「わかった。すべては菴摩羅果のためだ。忠助」

鋭い声で番頭をまた一喝して、

「おまえはこの醍醐味屋の言うとおりにしておればいい。逆らってはならぬ。いいな」

割れるような声で言い渡した。

こうして、柳屋での熟柿作りがはじまった。

「まずは、柿の木を見せてください」

季蔵はそういったが、見たところで、塩梅屋にあるものとの区別などつかない。どちらも尻の尖った美濃柿であることに、変わりはなかった。

季蔵はその美濃柿の前にしばらく佇んでいた。ふと思いついて、太い幹にもたれかかって耳をつけると、何やら水が流れるような音がしている。樹液の音である。

一緒にいる忠助は、隠居所を出た時、

「どうか、よろしくお願いいたします」

と言ったきりである。

しかし、痺《しび》れを切らしたのか、

「何か、お考えが……」

と言いかけて、後を黙った。季蔵の機嫌を損ねることを案じたのである。

季蔵は、

「実はずっとこの柿の木と話をしていたのですよ」

「へえ、そんなことが……」

忠助はつづきの言葉を、かろうじて、呑みこんでいた。

気づかぬふりで季蔵は、答えた。

「先ほど、わたくしは、柿の実の出来具合が今一つなので、熟柿にならないのだと申しましたね」

「はい、左様で。植え替えが悪かったのだと……」

「その通りです。この柿の木は長い旅の末、ここに植えられたことを悲しんでいるのです」

「柿の木が悲しむんで……」

「柿も生きとし生けるものですからね」

しみじみと言った季蔵は、また、柿の木の幹に耳をつけて、

「番頭さんもやってごらんなさい」

言われた通りに忠助は従った。

「なるほど」

「この音がね、うちにある柿の木のものとは違うんですよ。うちのは、楽しみ喜んでいるというのに、ここのは悲しみ怒っている」

「なるほど、なるほど」

忠助はなおも、柿の樹液の音を聞き続けている。

「楽しみ喜ぶようにならないと、菴摩羅果になってくれないんでしょう。いったい、どうしたら、いいんです」

忠助は季蔵に真顔で訊いた。

「柿は接《つ》ぎ木で実をつけるものです」

この程度の知識なら季蔵にもあった。

「そうですね」

「ですから、この柿の木は、接ぎ木になった親木に想いがあるんですよ。つまり母親を恋しがっています。それと柿の木はここに一本きりですね。いずれは自分も親木になって、

子を育てたいと思っているんです。どちらも叶わないことなので、悲しみ、怒りさえ感じているのですよ。それで熟柿になろうとしない……」

「その悲しみや怒りは、どうやったらおさまるんです⁉」

「母子の情を伝えることしかありません。ここに母子で奉公している方があったら……」

季蔵はさらりと言った。

「居るにはいますが……」

忠助は言葉を濁した。そして、

「店の前で行き倒れになってた親子です。ここの皆様が不憫《ふびん》に思われて、有り難いはからいをなさったんです」

季蔵は内心呆れかえった。

「母親の方はさっき、大旦那様のところにいた者、ゆきえです。子どもは虎吉《とらきち》、ここの旦那様夫婦が子に恵まれないので、ゆきえに頼んで養子にすることになったんです」

「居るのなら、すぐに呼んできてください。菴摩羅果作りを手伝ってもらいます」

「けれど、憎たらしい、きたないがきですよ。好きなだけ菓子を食ってもいいと言っているのに、養子になるのは嫌だと、まだ駄々をこねている始末で……。所詮《しょせん》、どこの馬の骨だかわからない素性ですからねえ。ゆきえはともかく、いいんですか、そんながきに、有り難い菴摩羅果作りの手伝いをさせて……」

「仏様は恵まれない人ほど、たくさんの慈悲をおかけになるといいますからね。素直になれない子どもの手こそ、お求めになっているような気がしますよ」

「そうですか、それなら……」

呼びに行こうとした忠助に、命じた。

「それから長持ちを二棹《さお》、用意してください」

「長持ち……」

首をかしげかけた忠助に、問いかけた。

「枝ごと取った柿の実を、今まで、何に入れていましたか」

「柳行李《やなぎごうり》です」

「いけません。粗末すぎます。それでは仏様の召し上がりものにはなりませんよ。長持ち二棹各々《おのおの》に上等の着物を敷いて、柿の実を並べなければ……」

「二棹もですか」

「ゆったりと重ならないようにしないと……、菴摩羅果が仏様の召し上がりものだとすると失礼ではありませんか」

「わかりました」

こうして、客間におゆきと平太が呼ばれ、長持ち二棹が運びこまれた。ここへ連れてこられてから、はじめて顔を合わせた様子のおゆきと平太は、互いに飛びつきあって、ひしと抱き合った。

見ていた忠助はちっと舌打ちをして、二人を睨みつけ、季蔵はなるべく二人の方を見ないようにした。

──今は何もわからない方がいい──

そう思って、季蔵は、不安そうに、ちらちらとこちらに目をやってくる、おゆきと平太から目をそらし続けた。

「柿の実を取ってきてください。くれぐれも実と実がこすれたり、重なったりしてはいけません」

季蔵は忠助に命じた。柳屋の使用人が総出で、柿の実を枝ごと取ってきては、一つ一つ丁寧に客間の畳の上に並べていく。

並べ終わったところで、

「さて、これからこの柿の実に母子の情を移します。一晩かかって、ここにいる二人の手の平から、柿の実に移していくのです。それが終わったら、二人には、柿と一緒に長持ちで眠ってもらいます」

と季蔵は言い、

「この間、わたくし以外、誰もここへは近づけてはなりません。仏様がご機嫌をそこねて、菴摩羅果を作るのをやめてしまうからです」

厳しく念を押した。

翌日の朝、待ちかねた虎翁が忠助に手を引かれて、客間に来てみると、たくさんの柿も

母子の姿もない。季蔵は蓋《ふた》を開けようとした忠助に、

「開けてはなりません。柿も母子も今、御仏《みほとけ》に抱かれているところなのです」

鋭く注意し、

「これで、やっと、御仏が菴摩羅果を作ることを許されたのです」

涼やかな顔で言い添えた。そして、

「これから、ある場所へ運んで、十日間そのままにしなければなりません」

きっぱりと言った。

忠助は、

「ある場所とは？」

「どことは申し上げられません。口に出すと御利益《ごりやく》が薄れるので。どなたもご存じの有り難い名刹《めいさつ》とだけ、申し上げておきましょう。その寺の庫裡《くり》に置いて、仏様の御利益を賜《たまわ》り、みごとに熟すのを待つのです。菴摩羅果は御仏のご慈悲によってのみ、極楽から下される宝物なのでございますから」

季蔵のこの言葉に、

「それが醍醐味屋の秘伝中の秘伝なのだな」

虎翁は刃物のように目を光らせた。

「そうなのでございます」

「ならば、仕方ない。そのようにしろ」

こうして、この日の五ツ半（午前九時）、二棹の長持ちが柳屋から運び出され、堀割で待っていた豪助の舟に乗せられた。

長持ちの一棹には柿が、もう一棹には、抱き合ったおゆきと平太が入っていた。

おゆきと平太は無事救い出されたのである。

柿の入った長持ちは、しばらく、塩梅屋の座敷においたままになっていたが、十日後におき玖が中を調べてみると、見事な熟柿に仕上がっていた。

これを聞いた烏谷は、人を寄こして、その長持ちを空の長持ちと共に柳屋へ返した。

その際、烏谷は、

「先頃、奉行所へかけこんできた母子が、柿と一緒に長持ちの中に囚われていた、などという奇妙な話をしてな、抜け出してきたという長持ちがある場所へ出向くと、長持ちは二棹もあり、どちらも柳屋の家紋がついていた。今回は特別にはからうが、拐かしの罪は重い。以後気をつけるように」

と忠助を通して、虎翁に伝えた。

その折、烏谷は、

――虎翁は口惜しがりながら、美味すぎる柿をたらふく食うことだろう――

と羨《うらや》ましく思い、自分の分も含めて、何個かの熟柿を残しておくよう季蔵に言い置いた。

烏谷のはからいで、母子は相模《さがみ》の大庄屋の使用人となり、姑のよねは病が癒えるのを待って、そこへ送り届けられた。

そんなわけで、季蔵の元には何個かの熟柿があって、最後の一個になった時、豪助が塩梅屋を訪れた。その豪助は、おゆきと平太、よねの家族が、幸せに暮らせるようになったことを、自分のことのように喜んだ。

「よかった、よかった。何より、おゆきが水茶屋から足を洗えて、三人が元通りになって……」

「おっとうが所払いになっちまった後、俺のおっかあは水茶屋で働いてた。俺も平太みてえにおっかあがいつ、いなくなっちまうか、心配でならず、へばりつくように水茶屋の裏口にいたもんだ。そこの女将は、あのさだみてえな欲張り女じゃなかったから、退屈だろうって、出がらしの茶殻をくれ、茶を淹れる遊びを教えてくれた。けど、おっかあはある日、突然いなくなって……それっきりさ。俺が柿を嫌いなのは、たらい回しにされた親戚で、渋柿ばかり食わされて虐《いじ》められたからだよ」

「だから、渋柿が甘くなるだなんて、とうてい、信じられねえが……。でも、この柿は熟してて美味そうだ」

おそるおそる、最後の熟柿を口に入れ、ぺろりと平らげると、

「たしかにこんな美味いものはねえな」

ふーっと大きなため息をついて、

「前の時、食わず嫌いをして、兄貴に食われちまったのは、大損だったぜ」

久しく見なかった豪助の笑顔があった。

第四話　風流雪見鍋

一

塩梅屋《あんばいや》の裏庭の美濃柿が葉を落としてしまうと、冬が足早に訪れてくるようだ。吹きつける風が日に日に冷たくなる。風の音もびゅうびゅうと高くなってくると、もう、そろそろ、霜月であった。

江戸の冬は早い。

霜月に入ると、時折、小雪がちらついた。

「久々の鯛《たい》ね」

おき玖《く》が鯛を三枚におろしている季蔵《としぞう》に話しかけた。

「先月は高くて手が出なかったからね」

江戸の町では、先月には恵比寿講《えびすこう》が盛んに行われた。そもそも神無月とは、神様が出雲《いずも》へ行ってしまわれる月のことで、江戸に残るのは恵比寿様一人である。

この恵比寿様は商いの神様であり、商家では商売繁盛を願って、見栄も手伝って、盛大な酒宴が張られた。鯛は欠かせない逸品である。当然、鯛の値は高騰した。

「鯛といえばとっつぁんだからね」

長次郎が鯛料理を好んだのは、鯛の刺身を煎《い》り酒《ざけ》につけて食べる、醍醐味《だいごみ》を知っていたからであった。

おき玖は亡き父を思い出して、

「神無月には、鯛の神様までいなくなっちまうって、おとっつあん、よくぼやいてたわね。いなくなるのは、塩梅屋の品書きからだけでしょなんて、あたしがいうと、子どもみたいにふくれて……」

しみじみとした口調になった。

「寒くなってきたな」

呟《つぶや》いた季蔵は残った鯛の身に塩をふらずに焼いた。

「おとっつあんのあれね」

おき玖が微笑《ほほえ》んだ。

鯛の青淵汁《とろろじる》、焼いた鯛の身をほぐして擂《す》り鉢で摺《す》り、山芋を加えて、味噌汁《みそしる》でのばしたものである。味は煎り酒で整える。鯛も山芋も滋養があり、長次郎も雪がちらつき、寒さが身に沁《し》みるような日には、思いついてよく作った。

「でも、おとっつあん、いくら寒くても、雪の悪口はいわなかったわね」

おき玖はふと、窓の外へ目をやった。格子の間から、白い花が散り続けている。雪の降る勢いは増して、格子の間が、薄墨をはいた色に染まってきていた。

「雪月花とはよくいったもので、雪は花や月と同じ、愛《め》でるものなんだって、おとっつあん、いつも言ってたわ」

そういったおき玖は、

「ぼちぼち、暖簾《のれん》を出してこなきゃ」

塩梅屋の戸口へと向かった。

おき玖が戸口の外へ消えて、ほどなく、

「誰か……きゃあ……」

というおき玖の悲鳴が裏口近くから上がった。

「何やつ」

咄嗟《とっさ》に大声を出した季蔵は、持っていた出刃包丁を手にして、がらりと大きな音をたてて、裏口を開け放った。そこには、おき玖が一人、ぜいぜいと荒い息をしながら倒れていた。

「おき玖ちゃん」

季蔵が助け起こすと、

「暖簾を掛けていたら、若いお侍に道を訊《き》かれたのよ。急いでいるんでいい抜け道はないかって。それで、うちの裏を抜ければばって、教えてあげて案内したら、いきなり、腕を摑《つか》まれて、大人《おとな》しくしろ、屋敷までついてくるんだって言われたの。あたし、夢中だったわ。

咄嗟に、掴まれた腕を振り解いて、大声を出してた。そこへ季蔵さんの声が聞こえて、裏口が開いて……その侍、〝今日は小手調べだ。覚えていろ、今度はしくじらないぞ〟なんて言って、あたしを突き飛ばして逃げてった」

「怪我《けが》はしなかった？」

「大丈夫よ」

おき玖は転ばされた時、乱れた髪を直して、

「でも、とても怖かった。今、思い出すと怖くてならない」

青ざめた顔で弱々しく呟いた。

「季蔵さんが駆けつけてきてくれなかったら、今頃、あたし、どうなっていたことか……」

恐る恐る、自分が倒れていた場所に目を凝らすと、

「あら」

と屈《かが》みこんだ。

おき玖が拾い上げたのは、侍が落としていった印籠《いんろう》だった。

「これは何かしら？」

「印籠……」

おき玖から手渡された印籠を見た季蔵は、はっと顔色を変えた。

「どうしたの。顔色が悪いわ」

「いや、何でもない」

案じるおき玖に、季蔵は、いつもの顔に戻った。

侍が落としていった印籠には、鷲《わし》の絵柄が描かれていた。見事な蒔絵《まきえ》の細工で、一介の若侍の持ち物だとは思われない。

季蔵には見覚えがあった。鷲尾家の嫡男影守《かげもり》のものである。以前、季蔵が堀田季之助《ほったとしのすけ》だった頃、何度か目にしたことがあった。

――とすれば、おき玖を連れ去ろうとした若侍は、うっかり、落としていったのではあるまい。影守の命により、わざと落としていったのだ。しかし、どうして、そのようなことを――

もはや、寒さのせいではなかった。季蔵はぞっと背筋が凍りつくような気がした。

「どうしたんだよ、兄貴」

寒い、寒いと言いながら、豪助《ごうすけ》は、店に入ってきた。

「顔が真っ青だぜ。風邪《かぜ》でもひいたのかい」

「そうじゃないのよ」

まだおき玖の顔は青かったが、季蔵ほどではなかった。事情を説明された豪助は、

「するってえと、この印籠を持ってた侍が、おき玖ちゃんを拐《かどわ》かそうとしたわけだな。そういやあ、死んだ徳重《とくしげ》さんが描いた町娘のうち、拐かされてねえのはおき玖ちゃんだけだな。けど、徳重さんやおきみを殺した張本人は、旗本の妾《めかけ》で、とっくに成敗されたんじゃ

なかったのかい」

と首をかしげた。

「そのはずなんだけど」

おき玖はまだ恐怖が去らないのか、ぶるっと身体を震わせた。

季蔵は、

「豪助、ちょっと……」

豪助を離れに伴うと、長次郎が遺《のこ》した文机《ふづくえ》に向かって、文をしたためると、出会い茶屋〝鈴虫〟の裏に住む、長唄《ながうた》の師匠お涼《りょう》へ届けてほしいと頼んだ。

豪助は、

――こんな兄貴、はじめて見たぜ。怖いくらい真剣な目だ――

知らずと自分まで身震いが出てきて、

「これには、よほどのことがあるんだな」

と思いつつも、それが何かとは訊こうとはしなかった。

「よし、わかった」

威勢よく返事をして請け合うと、まっしぐらにお涼の家へと向かった。

豪助が戻ってきたのは、客たちが久々の鯛の刺身や青淵汁に舌鼓を打って、気持よく酔い、そろそろ家路へ向かった後であった。

〝塩梅屋季蔵殿〟と書かれた烏谷《からすだに》からの文を季蔵に差し出した豪助は、

「あの家で、ずいぶんと待たされちまってよ」

ぼやいてみせたものの、機嫌は悪くなかった。

「お涼さんが漬《つ》けたべったらで一杯やらしてもらってた。あのお涼ってえ人は、年増《としま》だが別嬪《べっぴん》で、えらく気の利く人だぜ。出てきたべったらは、どこにも負けねえ、気前のいい厚さだった」

べったらとは大根を浅く塩漬けした後で、麹《こうじ》と砂糖を馴染《なじ》ませた漬物である。豪助は江戸っ子らしく、沢庵《たくあん》三切れ分ほどもある、分厚いべったらが好きであった。

「土産《みやげ》にまでべったらを貰《もら》っちまったぜ。相手が玄人《くろうと》の塩梅屋さんじゃ、恥ずかしいから勧めないでくれ、家で俺一人で食べてくれって、お涼さんに念を押されたが、なかなかのもんだよ。食うかい、おき玖ちゃん」

そういって、豪助はべったらを包んであった竹の皮を開いた。

「あら、美味《おい》しそう。好きなのよね、あたしも、べったら」

つまんで口に入れたおき玖は、

「いいお味よ。そのお涼さんって人、漬物が上手ね」

なごんだ顔になった。

――さすがお涼さんだ。大変なことが起きていると察して、普段以上にさりげなく振舞って、なごませてくれようとしている――

そう感心した季蔵は、自分も一つ、お涼のべったらをほおばると、

――くれぐれも、おき玖ちゃんや豪助に不安を感じさせてはいけない――

と言いきかせながら、烏谷からの返事の文を懐に入れた。

文には、今宵、塩梅屋を訪れるから、待っていてほしいと書かれていた。

季蔵はおき玖に代わって、掛行灯《かけあんどん》の火を消した後、

「豪助、わたしが戻ってくるまで、ちょいとここにいてくれないか」

と豪助に頼み、離れで烏谷を待つことにした。

「わかってる。あんなことがあったんだ。おき玖ちゃんが心配だぜ。大丈夫、ここは俺が見張ってるから」

豪助はぽんと胸を叩《たた》いて見せた。

二

待っていた烏谷が離れを訪れたのは、四ツ半（午後十一時）であった。

「おうおう、ここは久しぶりだ」

烏谷は上機嫌である。長次郎の好きだった伊丹《いたみ》の酒が入った徳利と、お涼のべったら漬けを手にしている。

「久しぶりにここへ上がれてうれしいな」

烏谷は季蔵に酒やべったらを勧めたが、季蔵は首を振って、

「結構です。美味いべったらの方は、使いの者が、お涼さんからいただいたのを、いただ

いたところです」

にこりともせずに言ったが、厨《くりや》へと入って行った烏谷は、いくつもの盃《さかずき》が入った、どんぶりの中を漁《あさ》って、

「萩焼《はぎやき》か、なつかしいな」

中の一つを取りだした。

「長次郎がこのわしのためにと、選んでくれたものだ」

なおも烏谷は、上機嫌である。

「そのようですね」

季蔵は冷たく相づちを打った。

「どうやら、その顔はわしに何か言いたくて仕方がない、そう見えるが違うか」

さすがに烏谷もはしゃぐのを止《や》めた。

「そうでなければ、急に使いの者を走らせたりはしませんよ」

「それもそうだ」

烏谷は笑いかけて、あわてて白い歯が見えないように唇を引き結んだ。

「まず、お訊きしたいのは、どうして、これがここにあるかということなのです」

季蔵は、懐にしまってあった鷲の絵柄の印籠を出した。

「これは鷲尾影守の印籠です」

きっぱりと言い切る季蔵に、

「そちは以前、鷲尾に仕えていた。そのそちが断言するのであれば、間違いはあるまい。はて、どうして、そのようなものがそちの手にあるのか……」

烏谷は首をかしげた。顔色一つ変わっていない。

すると、突然、

「お惚《とぼ》けになっては困ります」

季蔵が大声を出した。うっと叫んで、両耳を押さえた烏谷は、

「わかった。そちの怒り、如何《いか》なものか、話してくれ。聞かなければわからぬ」

懇願するように言った。

そこで季蔵は、おき玖の身に起きた変事について話し、

「確かあの時、お奉行はもうおき玖ちゃんの身が危うくなることはない、そうおっしゃったはずです」

「確かにそう申した」

「ところが、さっき、おき玖ちゃんは知らない若侍に連れ去られようとして、その上、そいつは鷲尾影守の印籠をわざと落として行ったのです。何でまた、影守がおき玖ちゃんに魔の手を伸ばすのか……」

「そうか、そうであったか」

しばらく考えこんでいた烏谷は、

「影守は徳重の描いた錦絵《にしきえ》を見て、おきみやおかよ同様、おき玖にもよこしまな気持を抱

いていたのだ。粘着的な気質の男ゆえ、容易に諦《あきら》めきれない。それで、おき玖をわが物にしようとした。どこかで待ち伏せて拐かすよりも、女一人で守っている店と見て、ここへ人を乗り込ませた。そうであろう」

「まだ、お惚けになっておられる」

季蔵は射るような鋭い目で烏谷を見据えた。

「おき玖ちゃんを連れ去ろうとした若侍は、わたしの姿を見て逃げました。けれども、その時、わたしが手にしていたのは、咄嗟につかんだ包丁だけ。となると、相手が刀を抜けば、わたしなど赤子の手を捻《ひね》るようなもの……。わたしを倒して、おき玖ちゃんを連れ去ることもできたはずです。鷲尾の若侍はおき玖ちゃんを脅し、影守の印籠を落とすためだけに、ここへやってきたのですよ。わたしは今や鷲尾家とは無縁の者です。塩梅屋季蔵が堀田季之助であったと知る者は、死んだとっつぁんを除けば、あなたをおいてほかにいません。

つまり、あなたが影守にわたしのことを告げたのです」

季蔵はついには大声になって、怒りをぶつけた。

「何のためです、何のために、また、おき玖ちゃんの身を危うくするんです。あなたは死んだとっつあんとは旧知の仲でしょう。そんなことをしたら、草葉の陰でとっつあんが泣くとは思わないんですか」

烏谷はぎろりと大きな目を剝《む》いて、

「いいたいことはそれだけか」

と一言洩《も》らしたが、大きな目には何の表情もなく、冷たいギヤマンで出来ているかのように見えた。

烏谷はまず、

「長次郎は泣くまいぞ。長次郎が生きていて、わしの立場にいれば、同じことをしていただろう」

目と同様、感情のない声で淡々と続けた。

「そんなこと……」

あり得るはずがないと、言いかけた季蔵に、

「今日はこれを渡そうと持参した」

懐から匕首《あいくち》を出して、

「長次郎から預かっていたものだ。虫が知らせたのだろう。死ぬ一月ほど前だったか、自分にもしものことがあったら、これをそちに渡してくれと頼まれて預かった」

「とっつあんがこれを……」

差し出された匕首を手にした季蔵は、

「これで時には人を……」

うなずいた烏谷は、

「護身のためだが、やむを得ず、殺《あや》めることもあっただろう。長次郎もかなりの遣い手で

はあったが、いかんせん、刀は目立つ。もっぱらこれを持ち歩いていた」

「とっつあんがこれをわたしにということは……」

季蔵は柄《つか》を抜いて匕首をながめた。よく研がれている刃が、ぎらぎらと光っている。握っている柄には、長次郎の手の脂や汗がしみついていた。

「長次郎はそちに、離れの仕事をも継がそうとしていた」

季蔵はまだ匕首を見つめていた。あの寡黙で温厚そのものだった長次郎が、烏谷から任された仕事の上とはいえ、人を殺めたことがあったとは、とても信じられない。

「それは長次郎の遺志でもある」

烏谷は重々しく言い、さらに、

「ところで、鷲尾家とそちの因縁については、長次郎から聞いて知っている」

「そうですか」

主家を出奔《しゅっぽん》したいきさつについて、季蔵が話をしたのは長次郎一人であった。その長次郎が烏谷に洩らしていたと知って、季蔵は裏切られたような気がした。そんな季蔵を見透かしたかのように、

「長次郎はおそらく、そなたの身の上を話すつもりではなかったはずだ。昨今、この江戸では死体の詮議《せんぎ》がされなくなって、罪人の取り締まりが緩み、それが美徳とされている。そのせいで罪を犯す者が増えている。だが、奉行所は腑《ふ》抜けでも木偶《でく》でもないぞ。取り締まらねばならぬ者は取り締まる。元長崎奉行の嫡男鷲尾影守もその一人だ。長次郎はその

ために動いていた」

「とっつあんは鷲尾家を見張っていたというんですね」

「そうだ。もう、何年も前から、我々の間では鷲尾家は頭痛の種だった。そちなら、長崎奉行の役得を知っておろう」

「ええ」

咄嗟に下を向いたのは、主家だった鷲尾家に関《かか》わることであったからである。

「奉行になるなら長崎奉行と、昔から誰もが思ってきた。中には、これになるために三千両積んだ輩《やから》もいるという。それほど長崎奉行は実入りがいい。麝香《じゃこう》などを含む数々の船載品を、安価で手に入れることができ、これの転売で巨万の富を築くことができるからだ。それぱかりではなく、清《しん》国人、オランダ人、長崎町人、貿易商人、地元役人からも、献金品を受け取るので、一度、長崎奉行を務めれば、子々孫々まで安泰な暮らしができると言われている。だがな」

烏谷は一度言葉を切って、

「これらの権限はあくまで、長崎奉行在任時に限られる。影守の父鷲尾影親《かげちか》が、長崎奉行を退任してから久しい。影守が父影親の縁故を利用して、お上をも恐れぬ、勝手放題を続けているのは、断じて許せぬことだ」

知っていたはずだといわんばかりに、季蔵の顔を見た。

「こちらも少々ならば大目にも見よう。だが、鷲尾影守のやり方はいかんせん、目に余る。

詰まるところ、重罪の抜け荷なのだからな。しかも、年を追って、大胆になるばかりだ」

聞いていた季蔵は目を伏せたままであった。

「それとなく、父の影親には忠告してきたが、なにぶん、影親も老いてきている。隠居こそしていないが、家中の者たちのほとんどは、すでに、嫡男の影守を主君と仰いでいる。影親の力は弱い」

たしかに、季蔵が仕えていた頃から、影親の力は弱まりはじめていた。そうでなかったら、季蔵の元許婚《いいなずけ》瑠璃《るり》の父で、用人の酒井《さかい》三郎右衛門《さぶろうえもん》が、腹を切ることもなかったし、季蔵自身も鷲尾家を出る羽目にも陥らなかったはずだった。

「何を考えている?」

不意に烏谷は訊いてきた。

「いえ、何も……」

「いや、そうではあるまい。考えていないのであれば、思いだしているはずだ」

季蔵は答えずに、上げた目を烏谷の顔に据えた。そして、

「影守様の酷いなさり様を、昨日起きたことのように、はっきりと思いだしていたところです」

知らずと口惜《くや》しさの余り、歯を食いしばっていた。

三

「あれは五年前の今頃のことでした」

なぜか、季蔵の胸の奥深くにあった無念の想《おも》いが、吹き上げる炎のように燃えだしてきている。もう烏谷は長次郎から聞いて知っているはずだから、話すことはない、そう思いつつも、季蔵は話さずにはいられなくなっていた。

「当時、わたしは鷲尾家に仕える堀田季之助と申しました。父はすでに隠居の身で、わたしは代々のお役目を天職と考え、主家とわが家を行き来する日々でした。どうということのない凡庸な毎日でしたが、それが何よりの生きがいでございました。近々、妻《めと》を娶ることにもなっておりました」

「それが用人だった酒井三郎右衛門の娘御だったのだな」

「はい」

うなずいた季蔵は、

「瑠璃と申しました。酒井様と当家とはつきあいが深く、瑠璃は三つ年下の幼馴染みでしたから、気心は知れていましたが、妻にすると決めた後は、何やらうきうきと楽しく、落ち着かぬ気持でした。見合いの席で瑠璃と久々に会い、長じた相手が、あまりにまぶしかったせいでしょう」

「なるほど。瑠璃と申す女子《おなご》、さぞや見目麗《うるわ》しかったのであろうな。それゆえ、影守が目をつけたのだろう」

「そうでした」

季蔵はまた歯を食いしばった。悔しさ、情けなさが、堰《せき》を切ったようにこみあげてきている。

「影守様は瑠璃にわたしという許婚がいるとわかっていて、再三、酒井様に瑠璃を差し出せと迫ったのです。酒井様は謹厳実直を絵に描いたようなお方でしたので、いかに、主君のご子息のご命令でも、これぱかりは筋違いだとお断りになりました」

「昨今はまるで平目のように、上におべっかばかり使う家臣が多い。見上げた心根ではないか」

「瑠璃の意向でもあったのです」

「父親としての思いやりもおありになったのだな。つくづくと感心する。たいした御仁だ」

「そんなある日、わたしは影守様に呼ばれました。酒井の娘と夫婦になるのはまことかというのです。わたしが、まちがいないことだと答えると、影守様は、その婚儀、取りやめてくれれば、望むだけ家禄を上げてやると……。もちろん、わたしはきっぱりと断りました。けれども……」

「いよいよ、相手が罠《わな》を仕掛けてきたのだな」

「影守様がなさるお茶会でのことでした。なぜか、わたしにお納戸の茶碗《ちゃわん》を運ぶようにと命《めい》が下り、言われた場所にあった箱を持って行ったところ、中の茶碗は真っ二つに割れていたのです。もちろん、わたしは落としたり、ぶつけたりしていません。はじめから、割れていたのです。大変な名品で、鷲尾家の家宝だということで、憤った影守様は、その場で刀を抜かれました。わたしは即刻お手討ちにされるはずだったのです」

「酒井殿が身代わりになったのだな」

「そうです。酒井様は、しばし、この大事、わが身に預けて欲しいとおっしゃって、影守様に刀をおさめて頂きました。その酒井様が切腹したのは、翌日の朝でした。遺した文には、この身に代えて、すべてを償いたいと書いてありました」

「それでそなたと酒井殿の娘御は？」

「酒井様は父上の影親様に仕えられたお方です。それで酒井様には、自分一人で責めを負えば、さすがに影守様も、お父上の手前、そう悪いようにはするまいという読みがあったのだと思います。ところが、影親様は、亡くなった影勝《かげかつ》様の命日が近いということで、菩提寺《ぼだいじ》に籠《こ》もってしまわれました。影勝様は影守様の兄君様で、お若かったということもあり、亡くなられた時の影親様は大変なお嘆きようで、以来、切れ者の長崎奉行だった頃とは、似ても似つかぬ、うつうつとした、心楽しまぬ暮らしぶりだったのです。ですから、この場に際しては、もう、影親様の力を頼むことなど、できはしませんでした」

「つまり、どう転んでも、影守の思惑通りになるというわけだな」

「ええ。家臣たちも影守様の方へ傾いていましたし……。とはいえ、影守様のやり方は卑《ひ》怯《きょう》千万……。負った罪がたとえ他人の罪でも、罪は罪。酒井家を断絶させると言い出したのです」

「それは無体な。酒井家の断絶までは、切腹した酒井殿とて考えていなかったろう」

「謹慎していたわたしに、瑠璃からの文が届きました。文には、酒井家を断絶させ、兄上一家を路頭に迷わせるようなことになったら、あの世で父三郎右衛門に合わす顔がない、それゆえ、自分とのことはなかったことにしてほしいと書いてありました」

「家のために、影守に嫁ぐ決心をしたのだな」

「そうです。それを読んだわたしは、しばらく、悔し涙を流しましたが、そのうち、自分もここにいては、家宝を割った張本人のように言われ続けるだけで、家族に迷惑がかかることに気がつきました。いっそ、わたしなど消えた方が、人の噂《うわさ》は長引かないかもしれない。ふと、そう思ったのです」

「それで、出奔の覚悟を決めたのだな」

「幸い、わたしには弟がいました。わたしがいなくなったところで、弟が堀田家を継げばいい。継ぐ者が誰であっても、男子がいれば家は続いていく。それが武士の家というものです。そう思うと、さばさばしたような、何やら、悲しいような気分になりましたが、気がつくと、わたしの足は実家を後にしていました」

「その後、長次郎に会った」

「今でも昨日のことのように覚えています。食べ物をもとめる金もなくなり、空腹でならず、湯気を立てている露店の饅頭《まんじゅう》に手を伸ばして摑み取り、むしゃむしゃと食べていると、銭を出せと店主に凄《すご》まれました。そこへ、〝連れは俺だよ、俺が金は払う。食いたいだけ、食わしてやってくれ〟と、とっつあんが言ってくれたんです。とっつあんが仏様の顔に見えて、饅頭がみんなとっつあんの顔に見えました。以来、わたしは塩梅屋で働くことになったんですよ。〝季之助はもうやめときな〟と言って、季蔵という名をつけてくれたのもとっつあんなんです」

「そこだけはいい話だ」

烏谷はしばらく消していた笑顔を向けた。

「その話までは、長次郎もしなかったからな。だが、長次郎は、わしに、そちと鷲尾家との因縁話をしてくれた時、こうもいった。〝旦那、季蔵はまだ本物の季蔵にはなっちゃあいません。こいつが本物になるには、季之助ってえ過去を、無念で口惜しくてならねえ思いを、自分の手でどうにかしない限り、本物になれやしませんぜ〟とな」

「ほんとうにそんなことを言ったんですか」

その実、季蔵は、烏谷の言った長次郎の言葉が真実だと悟っていた。

——あの竹を割ったような気性のとっつあんなら、いつまでも、胸にくすぶってる無念のかたを、そろそろ、つけろと言うに違いない——

一方、烏谷は、

「そちがこの塩梅屋で、影守が執心しているおき玖のそばにいると、洩らしたのはわしだ。

回り回って、影守の耳に入るのを見越してのことだ。影守を潰《つぶ》し、そなたを長次郎の後釜《あとがま》に据えるという、一挙両得をねらった画策だと言ってしまえば、その通りかもしれぬが……」

額から盛んに流れ落ちている冷や汗を、手の甲で拭《ぬぐ》った。

「影守のことだ。おき玖について調べれば、いずれそちのこともわかる。また、何の罠を仕掛けてくるかわからぬぞ。それに何より、前の茶碗の時のように、そちが何の構えもなく、影守の手に落ちるのは忍びないと思ったのだ。余計なことをと言うのであれば詫《わ》びる。この通りだ」

烏谷は深々と頭を下げた。

「老婆心だ」

烏谷の口から老婆心と聞いて、何やらおかしみを感じた季蔵は、いつしか腹の虫が、治まってきていることに気がついて、

「とっつあんが生きていたら、そう言いましたかね」

答えはわかっていて相手に訊いた。

大きくうなずいた烏谷は、

「この先、影守は必ず、仕掛けてくる。襲撃に備えて、これから毎日、交替で、屈強の者たちを、遠巻きにこの塩梅屋に張りつかせる。だから、心配はいらぬぞ。この件についてはこちらも死力を尽くす。影守が枕《まくら》を高くして眠れるのも今のうちのことだ。せいぜい、

御大身風を吹かし、たかが、町方に何ができるなどとほざいているがいい。極悪非道の白狐め、今に見ていろ。必ずや、葬り去ってやるからな」

めずらしく憎しみのこもった目で宙を睨んだ。

四

帰り際、鳥谷は、

「さて、これからが大変だ。しばらく閉めていた塩梅屋の離れが開く。これを訪れていた客たちに知らせなければならない」

「その客たちの誰かから、影守がわたしのことを聞くというわけですね」

「その通り。塩梅屋の裏稼業はそちが継いだこともわかる」

「待ってください。わたしはおき玖ちゃんに降りかかってきた禍《わざわい》を、払おうとしているだけです。何もまだ、とっつあんの裏稼業を継ぐとまでは決めていません」

「わかった、わかった」

鳥谷は、季蔵の剣幕にあわてた。

「今はそういうことにしておこう」

翌日、季蔵は開けると決めた離れの大掃除にかかった。今までも障子の埃《ほこり》を払う程度のことはしていたが、開けるとなると、それ相応に清めておかねばならない。

これを聞いたおき玖は、

「無理しなくてもいいのに。食べるぐらいは表の店でなんとか、やっていけるじゃないの」

　と言いかけて、

「ああ、でも、裏の離れが開いていれば、おとっつあんがまだ、生きてるような気がしてうれしいわね。あたしにできることがあったら、言ってちょうだい」

　微笑んだ。

「そうですとも」

　季蔵は相づちを打って、

「ただし、裏のことはわたしに一切任せてください。身分のある方々が酔狂においでになっていたようで、ああいう方々は我が儘《まま》と決まっていますから、何をまた、おき玖ちゃんに言いだしてくるかしれません。くれぐれも、出入りもなさっちゃいけませんよ、とっつあんの時同様……」

　釘《くぎ》を刺すのを忘れなかった。

　するとおき玖はぽっと頰《ほお》を赤くして、うつむいたまま、

「うれしいわ、あたしのこと、案じてくれて。そう、そう、思いだした。離れのお座敷に神棚があるんだけど、おとっつあん、その神棚に、あたしが世話してる、庭で咲く花を供えていたのよ。今だったら、侘《わ》び助《すけ》。忘れないでね」

　と言った。

おき玖の言うとおり、離れの座敷には、白木の神棚があった。白い紙四手《かみしで》を下げた注連《しめ》縄《なわ》は張られていたが、お札などは祀《まつ》られていなくて、手の平に載るほどの素焼きの花瓶がぽつんと置かれている。

季蔵は神棚の前にしばらくの間座っていた。小さな花瓶だけの神棚は殺風景で、何とも、殺伐としていた。少し離れた場所に長細い座卓がある。客たちの姿を想い描くと、季蔵はぴんと張りつめた気持になった。

――料理を味わうとは形ばかりで、ここでされていたのは密議だった。謀略もあっただろう。だとすれば、いつ、相手の気が変わって、刀を抜かれるか、知れたものではない。とっつあんは命がけの仕事を、こんな狭いところでしていたのだ。そのとっつあんは何を願って、ここで手を合わせていたのだろうか――

そのうちに、庭の花を欠かさず供えていたことを思いだして、

――庭の花はおき玖ちゃんが育てたものだ。とっつあんの守り神はおき玖ちゃんだったんだな――

納得して、庭に侘び助という名の椿《つばき》を取りに行くと、短く切って花瓶に活けた。

それから十日ほど何事もなく過ぎたが、ある日の朝、季蔵の住む長屋に烏谷から至急の文が届いた。文には午《ひる》過ぎに鷲尾の屋敷に来てほしいと書かれていた。烏谷も一緒だという。

季蔵は不安を感じた。しかし、奉行の烏谷も同席するという以上、突然刀を抜かれて、手討ちにされることもなかろうと思われた。

――とはいえ、油断はならない――

季蔵は糊《のり》をつけたばかりの作務衣《さむえ》に着替えると、長次郎から譲られた匕首を懐に忍ばせて、蔵屋敷近くの鷲尾の屋敷へと向かった。

門の前に立つと、生まれた時から崇《あが》めてきた主の屋敷であるだけに、気持に波立つものがあるだろうと覚悟してきたが、なつかしさも口惜しさ、無念さささえも感じられず、ただただ、全身が緊張で強《こわ》ばっていた。

――何だ、怖《お》じ気《け》づいているのか――

季蔵は自分に問いかけて、

――刀と武士の身分を捨ててから久しいゆえか――

情けなくもなった。

見知っていた門番が、すでに作務衣姿の季蔵を堀田季之助とわからないのも、寂しい気がした。もっとも、案内してくれた若侍二人は、季蔵の知らぬ顔であった。

――この一人がおき玖ちゃんを襲ったのかもしれぬ――

季蔵は若侍をじろじろと見ているうちに、

――今は敵の陣地だ。何としても、生きてここを出ねばならぬ――

萎《な》えていた闘志が湧《わ》いてきた。

季蔵は客人としてもてなされた。長い廊下を歩かされて、部屋に通されると、正面に鷲尾影守の白く長い顔が見えた。向かい合って烏谷が座り、膳《ぜん》を突ついている。

「塩梅屋季蔵でございます」

季蔵は自分でも不思議なくらい落ち着いてきていた。

「本日は日和《ひより》もよく、お招きをいただきまして、ありがとうございました」

障子には、真冬にしてはまばゆい陽の光が当たっている。

「おう、来たか」

烏谷が振り返った。後ろ姿は固く緊張しているように見えたが、目の前の顔は笑いが大きく弾《はじ》けていた。

「今、影守殿と冬の料理は何が一番かと、話し込んでいたところでな。影守殿は何でも通じておられるが、特に料理となるとうるさいと評判のお方ゆえな」

すると影守も吊《つ》り上がった目を細めて、

「何をおっしゃる。料理にうるさいお奉行といえば、北町奉行烏谷椋十郎殿と決まっておりますぞ。下々がよく作る番付表が、武家にないのが残念、残念。あれば、必ずや、食通では横綱におなりになれる」

「馬鹿な。横綱なのは身体ばかりでござるよ」

烏谷はぽんと突き出た腹を蹴《け》るように叩いて見せ、影守は袖を口に当てる、女のような所作で笑い転げ、

「ならば、食通の力士番付ですかな」

などと言った。

――どちらも、なかなかの役者だ――

季蔵が感心して見ていると、

「どうぞ」

膳が烏谷の横に運ばれてきた。烏谷は、

「ここへ来い」

さすがに季蔵は、

「いえ、わたくしは……」

すでに離れた下座で頭を垂れている。

「よいよい、今日は無礼講だ」

影守は上機嫌で言ったかのように見えたが、

「それとも、そち、わしのはからいが気にいらぬというのか」

ただでさえ吊り上がっている目が光ると、怒っているように見えた。

「滅相《めっそう》もございません」

季蔵はすぐに二人のところへとにじり寄った。

「ありがたいことでございます」

季蔵は影守の盃を受けた。

「実はな、季蔵」

烏谷は笑みを消さずに、

「この影守殿がどこからか、そちの話を聞かれてな、このわしが先代の塩梅屋と縁のあることを知り、是非、そちを自分のところへ連れてこい、とおっしゃってきかぬのだ。それでそちを呼んだ」

今、三人が顔を合わせている事情を説明して、

「何でも、影守殿はそなたに謝りたいことがあるそうだ」

すると影守は、

「そちには少し厳しすぎた。あの時のこと、どうか、許してくれぬか」

とまず詫び、

「あの茶碗、わしはことのほか、思いが深かった逸品。あれをそなたが壊したと知って、怒りを押さえきれなかったのだ。それで、あんな顛末《てんまつ》に……。忠臣酒井三郎右衛門、そちもだが、惜しい逸材を無くしてしまった」

狐の目を伏せて、しみじみと言った。

烏谷は、

「人は誰でも過《あやま》ちを犯す。影守殿もこうして悔いておられる。どうだ、季蔵。今までのことを水に流してみては……」

真顔で季蔵を見つめた。

五

「もとより、わたくしは以前とは身分が違います。鷲尾家とも堀田家とも何のご縁もございません。一介の料理人、塩梅屋季蔵でございますゆえ、今更、詫びるなどというご配慮はご無用でございます」

涼やかな顔で答え、

「それとも、こうして、お奉行様までご同席になられているのは、こうせよとでもいうような命でも下るのでございましょうか」

首をかしげて見せた。

「まあ、そう、固いことをいうな。わしはつい、頼まれもしない世話を焼いただけのことだ」

烏谷は苦笑した。

影守の方は、

「いやいや、そうではない。わしが忙しいお奉行を煩《わずら》わせたのだ」

と取りなし、さらに、

「わしは償いたいのだ、季蔵。あの時、父影親が亡き兄影勝の命日と称して、菩提寺に籠もっていたのを覚えておろうな」

季蔵に念を押した。

「わしとて、あの時、父上があの一件に関わって、止めてくれてさえいたら、腹まで切った酒井の家に厳しい咎《とが》めはせなんだぞ。父上は殊の外、兄上に期待をかけておられて、急な病で兄上が逝った後、腑抜けのようになってしまわれたのだ。わしが嫡男になっても、優しい言葉一つかけてくれなかった。口から出るのは兄上を供養する念仏ばかりじゃ」

吐き捨てるように胸のうちをぶちまけて、

「わしの心が夜叉《やしゃ》に変わるようなことがあるのだとしたら、それは、すべて、父上のせいなのだ」

大声をあげた。宙に向かって、振り上げた手のこぶしがぶるぶると震えている。

「だから、未《いま》だに父上は家督をわしに譲ろうとせぬ。呆《ほう》けた父上の心には、兄上だけが生きているのだ」

そういって、伏した目をあげた影守の顔は、恐ろしい表情で埋まっていた。さらに吊り上がった目が、顔の上半分を鋭く切り裂いているかのように見えた。

――まるで、夜叉だ――

季蔵はぞっと背筋が寒くなった。

――そして、この夜叉がわたしを地獄へと突き落としたのだな――

一方、さすがの烏谷も何と言葉をかけていいか、戸惑っていると、ふと我にかえって、あげたこぶしを下ろした影守は、

「そなたに詫びるのであったな」

と言いつつも、季蔵の顔から目をそむけて、

「望みを言え。何なりと叶《かな》えよう。鷲尾の家の家臣に戻るもよいぞ」

「いえ、それには及びません。このまま、捨て置いていただき、気ままな町人暮らしを、お許しいただければと思っております。他に望みはございません」

季蔵はきっぱりと断った。

「そうか」

影守はうなずいた後、

「ならば、せめても、そなたの稼業に力を貸したい。父上もお呼びする大川の雪見舟に、塩梅屋の料理を仕出しで頼みたい」

有無をいわせぬ口調で言った。

「ありがたきことではございますが、塩梅屋はささやかな家業でございます。とてもとても、こちら様のような、大それたお席にふさわしい料理をご用意することなど……」

季蔵が辞退しかけると、

「そち、わしの償いの気持が受けられぬと申すのか」

影守の声が高くなった。

「そうではございません。ただ、力量不足なので申しわけないと……」

「力量はどうでもよい。それにそんなものは、こちらが決めることだ」

影守は不機嫌になりかけた。

そこでとうとう、見かねた烏谷が、

「季蔵、まあ、いいではないか。影守殿のお気持、ありがたくいただいておいては……」

とたしなめ、影守には、

「影守殿、お父上もあなたを可愛くないわけではありますまい。ただ、お年を召されているせいで、兄上の死がこたえているだけのこと。美味い雪見酒でも分かち合えば、親子の仲直りもきっと、叶いましょうぞ」

と言った。

こうして、季蔵は鷲尾家の雪見舟での料理を請け負うことになった。

季蔵と一緒に鷲尾家を辞した烏谷は、

「今は何も言うな、後で話す」

と季蔵の耳元で囁《ささや》くと、季蔵に裏門へと案内させた。そして、

「ここならいいだろう」

季蔵を促して、椿の花が咲いている茂みの中に身を隠すと、

「これからは、何があっても、わしのいう通りにするのだ。口も手も出してはならぬ。ただただ、何も思わず、考えず、成り行きを見守るのだ」

と厳しい顔で言った。

半刻《はんとき》ほどして、駕籠《かご》が裏門に着けられた。すると、ほどなく、豪奢《ごうしゃ》な身なりの女が、屋敷から出てきた。女は侍女らしき女に手を引かれて、やっとやっと歩いていた。女がそろ

そろと季蔵たちが潜んでいる茂みへと近づいてきて、季蔵は思わず、あっと声を出しそうになった。

──瑠璃だ──

変わらず美しくはあったが、瑠璃の美貌《びぼう》ははかなげで、不幸の匂《にお》いがした。お転婆《てんば》だった少女時代や、明るく屈託のなかった瑠璃を知っている季蔵は、あまりの痛ましさで胸が塞《ふさ》がった。

──いったい、どうしたというのだ──

「お方様」

促された瑠璃はうなずいて、駕籠に乗り込んだ。瑠璃の顔は蒼白で、涙が一筋、二筋、頬を伝っている。

駕籠が走りはじめる。

突然、

「後を追うのだ」

烏谷が命じた。

答える代わりに、季蔵は走り出していた。俊足を自負している季蔵の足でも、駕籠掻きに追いつくのは、骨の折れることだったが、瑠璃の涙の理由を突きとめたい一心であった。

その日の夜半、塩梅屋の離れには、烏谷が訪れていた。

めずらしく酒は持参していない。笑ってもいなかった。季蔵を見る目に優しさが溢《あふ》れている。

「見たくないものを見せてしまったな」

「あのようなものまで見せたのは、わたしを駆り立てるためとはわかっています」

意外に季蔵は平静に見えた。実はあまりに怒りが大きく、表面だけでも、平静を装わずにはいられなかっただけなのだったが……。

「あれが影守という男の正体だということを、肝に銘じていてほしかったのだ」

「わたしは瑠璃が駕籠に戻ってくるまで、隠れて待っていましたが、戻ってきた瑠璃の顔は死人のようでした。涙も枯れ果てているように見えました。瑠璃がおゆき同様、介護と称して、虎翁《とらおう》に、卑しい振る舞いを強いられているのは明らかです。わたしにはわかりません。なぜ、あの男は、わたしを陥れてまで、側室にした女にあのようなことをさせられるのか……」

瑠璃の駕籠が止まったのは柳屋《やなぎや》の裏木戸の前であった。柳屋といえば、季蔵が囚《とら》われていた母子を救い出すべく、熟柿作りの名人を名乗って、乗り込んでいった京菓子屋である。京菓子屋は柳屋の表の顔にすぎず、隠居の虎翁は、さまざまな身分の人たちを集めた茶会を通して、政《まつりごと》に関わる闇《やみ》社会を支配し続けてきていた。

「おゆきに消えられた後、困ったと虎翁が洩らしたところ、聞きつけた影守がよく出来た女だから、よい助けになるだろうと、日を決めて通わせているのだという。もちろん、虎翁のよくない癖は百も承知だ。しかし、虎翁は力がある。影守は何かであやかりたいのだろう。つまりは、利用できるものは、何でも利用する。父親が兄ばかり可愛がるから、夜叉になったなどと、もっともらしいことを言ってはいたが、そうではない。あの男の本性が血も涙もない夜叉なのだ」

烏谷は断言した。

「雪見の料理も罠というわけですね」

「もちろんだ」

烏谷は大きくうなずいて、

「影守はどんな罵詈《ばり》雑言《ぞうごん》も及ばないひどい奴だが、馬鹿ではない。やつがわしを介して、そちを呼んだのは、このわしを罠にかけるつもりなのだ。塩梅屋との間を、奉行のわしが仲立ちしていながら、雪見の席で何かあったらいったいどうなる？」

「影守様は父親を雪見舟で殺すつもりですね」

「まちがいなく。影親は腑抜けてもいないし、呆けてもいない。亡き影勝のことばかり思い出すのも、影守のしていることが、あまりに情けないからだ。それで断固、家督を譲らずにいる。そこで、業を煮やした影守は、力ずくで家督を奪うため、そちやわしを利用しようと企《たくら》んでいるのだ」

六

江戸では二日前から雪が降り続いていた。午を過ぎた頃、塩梅屋には季蔵、おき玖、豪助の三人が集まって、豪助が淹《い》れた、熱く美味い茶で暖を取っていた。

外は一面の雪景色である。どこもかしこも真っ白な綿帽子を被《かぶ》っているように見える。いつもの見慣れた風景が別世界に変わってしまったかのように……。

「俺は、がきの頃、雪が好きだった。冬、おっとうが酒を飲んで暴れるたびに、雪が降ればいいと思ったもんだ」

豪助が呟いた。近頃、豪助は不幸だった子どもの頃の話を、少しずつ洩らすようになっていた。季蔵やおき玖に心を開いてきている証《あかし》である。

「あの頃、雪ってえのはよ、天の神様が仕掛ける、白くて綺麗《きれい》な妖術《ようじゅつ》みてえに感じたからな。雪が降りゃあ、ひょっとして、おっとうとおっかあは喧嘩《けんか》をしねえかも……なんて思ったんだ」

そんな豪助に、

「今はどうなの？」

おき玖は同情の言葉などは挟まずに、軽い口調で訊いた。

豪助は、笑い飛ばした。

「まさか。〝雪見酒二三盃は消えるよう〟とはよく言ったもんだ」

「たしかに雪見は風流だけれど、身も凍る寒さだわね。熱燗《あつかん》の二、三盃など、何の足しにもならないわ」

「今の俺には、〝うしろから張る真似《まね》をする雪の供〟の方がぴんとくるぜ。偉れえ人やお大尽は、雪見をするなんていう酔狂を退屈まぎれにするんだろうが、供をさせられる方はたまらねえ。俺が代わりに、真似だけじゃなく、張り倒してやりてえぐらいだ」

そこで二人は、黙って話を聞いていた季蔵を見つめた。

「けど、そいつがとっつあんと深い縁があったとなりゃ、兄貴も話を受けるしかねえよな」

烏谷を通じて、雪見の料理を届けるように言われたのは、昨夜のことであった。鷲尾家の雪見は、明日の午《ひる》に行われるという。

烏谷は、

「相手は鍋を所望している。贅を尽くした、極めつけの鍋料理を、大川に浮かぶ屋根船まで、届けてほしいというお達しだ」

と伝えてきている。

季蔵はもちろん、烏谷のことも、鷲尾家からの頼みであることも、二人には知らせていない。

豪助を呼んだのは、鍋料理となると、七輪などの準備もあって、何かと人手が必要だったからである。人手については、

「三吉《さんきち》はどうかい」

すぐに豪助は当てを口にした。

三吉は棒手振《ぼてふ》りの少年で、納豆などを売っている。季蔵とは顔馴染みであった。豪助は船頭の他に、あさりなどを熱心に売り上げる。そんな豪助に負けまいとしていることを、季蔵から知らされた豪助は、以来、何かとこのけなげな少年に目をかけていた。

「三吉は兄貴みてえな料理人になりてえようだ。三吉の父親も俺のおやじと同じで、家の中でしか暴れられねえ、ろくでなしだからな。早くおっかさんに楽をさせてやりてえんだろう」

さらに豪助は、

「このところ、三吉と顔が合うたびに、塩梅屋で働けねえかってえ、相談ばかりだ。ここは一つ、試しに使ってみちゃ、くれねえか」

再三、季蔵に頼んで、三吉は明日、季蔵の手伝いをすることになった。ただし、今のところ、塩梅屋は人を増やせるほど儲《もう》かっていないので、三吉の手伝いは明日だけのことである。

おき玖は、

「そんな事情なら、店で修業させてあげたいところなんだけど、うちが給金を払えないんじゃ、棒手振りの方がましよね」

ため息を洩らした後、はっと気がついて目を輝かした。

「雪見に贅を尽くしたお鍋をとおっしゃるお相手となれば、相当の方でしょう。気に入っていただければ、また注文していただけるかもしれない。そうしたら、三吉ちゃんに何とかしてあげられる。ここは塩梅屋の腕の見せ所ね。頑張らなくちゃ、ねえ、季蔵さん」

「そうですとも」

答えた季蔵は、内心、苦い思いを嚙《か》みしめていた。張り切っているおき玖に、これが恐ろしい策謀だなどとは、言えるわけもなかった。

一方、おき玖の目は輝き続けていて、

「贅を尽くした極めつけのお鍋といえば、蓬萊《ほうらい》鍋ということになるのかしら」

蓬萊鍋とは中国の理想郷蓬萊山にちなんだ、豪華な寄せ鍋のことである。

さらに、首をかしげると、

「おとっつあんのお鍋は、あれ一つだったわね」

うなずいた季蔵は答えた。

「とっつあんの鍋は、はまぐりとかまぼこ、くわいだけでしたね。素材の味にこだわって、一切、たれはつけないで食べるが、好みで煎り酒だけは許される」

「美味しかったわ、おとっつあんのお鍋。でも、贅を尽くしたものではない……。困ったわね……」

おき玖は頰杖《ほおづえ》をついた。

「何とかいい案はないものかしら」

季蔵は腕組みをして、うーんとしばらく、考えこんでいると、豪助が、

「とっつあんの鍋には塩梅屋の暖簾が掛かってる。だから、どうだい。とっつあんの鍋に、はまぐりやくわいなんかと、喧嘩しない具を足してみては？」

案を出した。

「はまぐりやくわい、かまぼこと喧嘩しない具って？」

おき玖は身を乗り出した。

「海老《えび》や鯛、平目ならまず、大丈夫だろう。あと、焼きしいたけ、しめじ、うずら卵、しらたき、ゆば、生麩《なまふ》、ぎんなんなんぞもいいな」

季蔵は、

「今挙げたものなら、とっつあんの寄せ鍋と同じで、煮汁は濁らない」

満足げに締め括《くく》った。一瞬ではあったが、季蔵は直面している凶事を忘れていた。長次郎の寄せ鍋は、最後まで汁が清水のように濁らないのが持ち味であった。

「いいね。まるで宝船だ」

豪助は感心し、

「雪見をする舟の上で、宝船を食べていただくわけね。雪見舟に宝船、いい語呂合わせ……」

おき玖も微笑んだ。

そんな二人を見ていた季蔵は、

――ほんとうに風流だけの雪見舟であったら、どんなにいいことか――

心の中で嘆息を洩らした。

こうした成り行きで鷲尾影守に頼まれた鍋の中身は決まった。

早速、豪助と喜んで飛んできた三吉が、青物問屋や魚市場へ足を運んで、鍋に使う材料を集めてくれることになった。おかげで、その日の夕暮れ時までには、おおかたのものが揃《そろ》った。

ところが、季蔵とおき玖が、その日の客のために、店を開けているところへ、鳥谷の使いの者が急ぎの文を届けてきた。

文を読んだ季蔵は、

「困った」

頭を抱えた。

「どうしたの」

文を覗《のぞ》き込んだおき玖は、

「まあ、鶏肉を⁉」

鳥谷からの文には、影守は鶏肉が好物なので、鍋には必ず入れてほしいと書いてあった。

「まだ店は開いているかしら」

おき玖も眉《まゆ》を寄せた。

すると、居合わせていた三吉が、

「よく知ってる鳥屋があるんです。おいら、今から一走り行って、買ってきますよ」

買って出た。

おき玖は首をかしげて、

「鳥鍋にしろってことかしら。でも、それじゃ、おとっつあんの鍋じゃなくなっちまうわね」

「そうなんですよ。肉は味が濃いですからね、海老やはまぐり、白身の魚なんかとは合いにくい……」

どうやって、長次郎の鍋に鶏肉を合わせようかと、考え込んでしまっていると、

「団子にするように叩いてみたらどうかな」

三吉の言葉に、驚いた季蔵は、

「うずら椀を知っているのか」

感心した。うずら椀とは、頭と内臓、足、羽を除いたうずらを、出刃包丁で叩き続け、練り状になった肉を型に入れて蒸し、適量を椀盛りにして、清汁《すましじる》仕立てとしたものである。もとより、汁を濁すようなことはない。

「思いついただけだよ。うずら椀なんてもの、知らないよ」

三吉は真っ赤になった。季蔵は、

──なるほど、うずらでできるものならば、鶏肉でもできる。汁が濁らず、控えめに、よいだしが出るのが何よりだ──

うずら椀の要領で鶏肉を調理することに決めた。

七

とんとんとんとん……。

三吉が包丁で鶏の肉を叩く音である。

ほどなく、三吉は、知り合いだという鳥屋から、鶏を一羽ぶらさげて塩梅屋に戻ってきた。暖簾をしまって、いよいよ明日の準備をはじめた季蔵が、鶏の下処理をしてやると、
とんとんとんとん……。

三吉は塩梅屋の外に俎板《まないた》を運び、雪道の上で叩きはじめた。雪こそ止《や》んでいるが、夜気は凍《こご》えんばかりに身に沁みる。しかし、三吉は根気よく、夜も更けてきたというのに叩き続けている。

おき玖はすでに二階に上がって休んでいた。

「まだ終わらねえのか」

豪助は何やら、落ち着かない様子で、まだ、塩梅屋に陣取っている。

「ああやって、半日は叩くのが普通なんだよ」

季蔵は答えた。

「そうしないと旨味になる粘りが出ない」

「けど、やたら、うるせえ客だな。おき玖ちゃんに聞いたぜ」

豪助はずばっと本音を言った。

うるさいのではない、魂胆があるのだとはとても言えない。

「商いは厳しいものさ」

季蔵の言葉に、

「へえーっ」

豪助は、目を丸くした。

「侍だった兄貴の言葉とも思えねえな」

「もう、侍などではないんだ」

まさか、侍だった頃のことを引きずっているのだとは、言えるわけもなかった。

すると、

「俺にも何か手伝わせてくれよ」

豪助は立ち上がって、がらりと戸口を開けると、雪道にうずくまっている三吉に声をかけた。

「おい、寒いだろう。少し、替わろうか」

「いいや、これはおいらの仕事だから」

三吉は冬だというのに顔中を汗まみれにしている。

諦めて戻ってきた豪助は、

「あれぐれえの意地はあった方がいいが、ちょいと強情な奴だ」

と言った。

「三吉には料理の素質があるかもしれない」

季蔵は、三吉が、知らずと、うずら椀ならぬ、鶏椀を思いついたいきさつを話して聞かせた。

「そりゃ、すごいな」

豪助も感心したが、

「俺じゃ、とうてい思いつかねえ。食ったこともねえもんなんぞ、思いつくもんか。三吉もそうだと思うがね」

何気なく言った。

「けど、食わねえで思いつくのが、素質っていやあ、そうかもしんねえな」

手持ち無沙汰《ぶさた》を紛らわすためか、飲み残していた銚子《ちょうし》を振って、中身を盃に移すと、ぐいと空けて、

「ところで、兄貴の方も、さっきまで叩いてたじゃねえか。何をやってんだい」

と三吉と同じように、俎板で鶏肉を叩いていた季蔵に訊いた。

「三吉の鶏を少し分けてもらって叩いていたんだ。なに、わずかな量なので三吉ほど間がかからない。それを使って、鶏椀の試しを作っていたところさ」

そういって、季蔵は蒸し上がったものを、椀に盛りつけると清汁をかけて、豪助に、すすめた。

「食べてみてくれ」

一口、鶏椀を味わった豪助は、

「美味い。最高だ。海老や白身の魚が束になってかかってもかなわねえ」

ふーっと満足のため息をついた。

むずかしい顔になった季蔵に、豪助は不思議でならないという顔をしたが、季蔵は、

「鶏ばかり、味が際立ってもつまらない。宝船にはいろいろな味の宝が乗っていないと
……」

と説明して、今度は残してあった叩いた鶏肉を使って、巌石《がんせき》豆腐を作りはじめた。巌石豆腐とは擂り鉢で摺った豆腐に、骨ごと叩いた鶏肉を合わせたもので、やはり、うずら椀のように、清汁仕立ての椀種になる。

この巌石豆腐を口にした豪助は、

「こいつも美味いぜ。あっさりしてる。これなら口の中に、長く味が残らねえだろう」

と言って平らげた。

「けど、おき玖ちゃんの話じゃ、頼んできたやつは鶏肉が好物なんだろ。そんなら、いっそ、鳥鍋ってえことで、頼んでくれりゃ、こんなてんてこ舞いはしないですむってえもんさ。ったく、偉いのやお大尽ってえのは、何を考えてんだかよ」

ぶつぶつと続けた。

それを聞いた季蔵は、

——もしかしたら——

思ってもみなかった疑念が胸をよぎった。影守からの注文を伝えにきた時の、烏谷とのやりとりが思い起こされる。

あの時、烏谷は、

「相手はどんな手を使ってくるかしれぬ。だが、影守という男にとって、すべてが策略なのだ。頼むという雪見の料理も策略の一つだろうが、どこにどんな形でそれが潜んでいるかまではわからぬ。とにかく、くれぐれも気をつけることだ」

と厳しい顔で言った。

「豪助、さっき、おまえは三吉がうずら椀を思いつくのはおかしい、というようなことを言ったな」

「ああ、言った。言ったが……」

豪助が後を続けかけた時、いつのまにか、とんとんとんとん……という音が止んでいた。

「三吉は?」

豪助は季蔵の顔を見た。裏口では、にゃあ、にゃあと猫が餌《えさ》をほしがる鳴き声が聞こえている。

季蔵はすぐに走って行って、裏口を開けた。豪助が続いた。

一瞬、三吉が雪の中に埋まっているかのように見えた。三吉は、叩いた鶏肉が載っている組板ごと雪の上にうずくまっている。三吉の長い両腕がひょろりと伸びて、大きな組板を庇《かば》うように被さっていた。

あたりに、生の鶏肉の臭《にお》いがたちこめているせいだろう、猫たちが一匹、二匹と数を増していって、三吉の周りを鳴きながら取り囲んでいる。

飢えきっているせいだろう、猫たちは季蔵や豪助の気配に気づいているはずなのに、その場を立ち退《の》こうとはしない。

さながら、三吉は、猫の群れに追いつめられた大きな鼠《ねずみ》のようだった。

にゃーお。

中の一匹が鋭い鳴き声を上げた。子猫を従えている母猫だった。三吉を威嚇している。

三吉は俎板の上から両腕を離さない。

にゃーお。

鳴き声がまた上がって、目にも止まらぬ早さで、必死の母猫が三吉の腕に噛みついた。

左腕から血が流れた。だが、三吉は、うっと呻《うめ》いたものの、まだ、俎板から手を離さない。

すると、
にゃーお。

にゃーお。

にゃーお。

猫たちが次々に鳴いて、三吉の傷ついた腕をねらって飛んだ。そして、とうとう、

「やめろ、やめないか、さもないと死ぬんだぞ。これは毒なんだ」

三吉は大声をあげて、驚いた猫たちは風のように逃げ去った。

三吉は腕から血を流したまま、俎板を掲げるように持っていて、

「すみません。おいらがこれに、ふぐの毒を入れちまったんです」

声を詰まらせた。目からは後悔の涙が流れ出ている。

「おっとうの借金が嵩《かさ》んで、毎日、取り立てにくるんです。このままじゃ、おっかあは岡場所に売り飛ばされちまう。そんな時、棒手振りから家へ帰ったところを、待ち伏せしていたお侍が、言うとおりにしたら、借金を払ってやるって……。悪いことだとわかってました。でも、おっかあが売られちまって、家族がばらばらになるのが嫌で、辛《つら》くて、つい魔がさして……」

さらにひくひくと声が詰まった。

「塩梅屋で働くようにしろと言ったのも、雪見の鍋には必ず鶏肉が使われる、その際には叩くように言えといったのも、その侍だな」

季蔵の言葉に三吉はこくりとうなずいて、答えた。

「そうすれば、毒が混じってもわからないからって……」

「そうか、そうだったのか」

季蔵は火のような憤りを感じていた。自身が罠に落ちた時にも増して強い怒りである。

――よりによって、こんな子どもまで手先に使うとは……、鷲尾影守、断じて許せん
――

一方、後ろで聞いていた豪助は、季蔵の背に、今まで見たことのない憤怒と固い決意を感じとった。

「雪見の鍋を頼んだ奴が悪人とはな。けど、今は、くわしいわけを聞いてるひまはねえ。その代わり、せめて、相手の御大身がどこだかは教えてくんな。俺がそいつの舟の船頭を請け負う。これでやっと、兄貴の手伝いができるってえもんだぜ」

胸を張って、威勢のいい声を上げた。

八

季蔵は、

「いいか、このことは忘れるんだ。決して思いだしてはならない」

そういって、三吉を家に帰した。

「こいつは猫も食わねえように、始末しとかなきゃなんねえな」

俎板に載っていたふぐ毒入りの叩いた肉は、豪助が裏庭の土を深く掘って埋めた。その豪助は、

「鷲尾の舟漕ぎをする奴が誰だか探して、替わってもらって、必ず、そいつの屋根舟は俺が漕ぐ」

と言って出て行く際に、

「死ぬ時は一緒だぜ、兄貴」

思い詰めた目をした。

が季蔵は首を振って、

「江戸っ子ならば、売られた喧嘩、何としても勝たねばなるまい」

自分でも驚くほど静かな口調であった。

夜が明けて、起き出してきたおき玖は、

「あら、三吉さんと鶏肉はどこへ行ったの」

不思議そうな顔をした。

「三吉は叩いた鶏肉を、腹を空《す》かした野良猫にさらわれてしまったんですよ」

「それでがっかりして家に帰ってしまったのね」

「まだ子どもですからね」

「でも、鶏肉がないとなると……。お相手はいろいろ注文が多い食通のお方でしょう。大丈夫かしら」

おき玖は不安そうに言った。

「大丈夫です。代わりはがんもどきにすることにしましたから。豆腐は昨日、買い置いたのがありますし」

「ああ、おとっつあんのがんもどきね」

「そうですよ。具は入れず、選《よ》りすぐった豆腐に煎り酒をちょいと垂らして味をつけ、揚げるだけのとっつあんの絶品です」

「あれなら、鶏肉より、よほど、美味しいかもしれないわね。たぶん、お気に召していただけるわ」

おき玖はうれしそうに微笑み、

「そうですとも」

季蔵も顔に笑みを作って、大きくうなずいた。

その実、心では、

――もし、負けたら、おき玖ちゃんの明るい笑顔さえ、鷲尾の刃で掻き消されてしまう――

暗い影を宿していた瑠璃の様子を思いだして、さらに、

――相手が勝てば三吉の身も危ない。まちがいなく、口を封じられるだろう。だから、断じて、負けるわけにはいかない――

鍋に張るだしは、おき玖がとると言ってきかなかった。

「死なれてから、一度も見なかったおとっつあんの夢を、昨夜、はじめて見たのよ。何だか、心配そうな顔で……。もしかしたら、この雪見鍋、ありがたいご注文のはずだけれども、いいことばかりではないのかもしれない」

とおき玖は眉をひそめ、季蔵はぎくりとした。

「だから、あたし、何だか、いてもたってもいられなくて。何かしたいのよ」

怖いほど真剣な目をした。

「それではお願いしますよ」

何か知ってしまったのかと、季蔵はたじろいだが、

「おとっつあんのだしの秘訣《ひけつ》は、昆布は使わずに、血合いの入ってない特上のけずり節を使うことだったわね」

といって、丹念に鰹節《かつおぶし》を削りはじめたおき玖の背中は、緊張こそしていたが、震えてはいなかった。

季蔵はほっと安堵《あんど》した。

――この先、自分と豪助を待ち受けている、血みどろの修羅場、おき玖ちゃんにだけは悟られたくない。悟れば、とっつあんの裏稼業も知ることになる――

こうして、雪見鍋の準備は整っていった。大川べりの屋根舟へと運んでいく、鍋の具を入れた重箱だの、だし入りの瓶だの、鍋を仕立てる鍋や小鉢の類がすべて揃い尽くすと、季蔵はこれらを大八車に乗せた。屋根舟が浮かんでいる大川べりへと持参しなければならなかった。

外は大雪である。昨夜、一度止んだ雪が明け方になって、また、降りだしてきている。

「くれぐれも気をつけて」

季蔵を送り出したおき玖は、いつになく、強い目をしていた。一瞬、

――これが最後になるかもしれない――

不吉な予感が心をよぎって、相手と同じ目色になった季蔵だったが、

「何、とっつぁんの名に恥じない仕事をしてくるだけですよ」

次には、無理やり作った笑いで口元をゆるめて、塩梅屋を後にした。

大八車を引いた季蔵は、船宿が建ち並ぶ深川へと向かっている。

それにしてもひどい雪であった。凍った真綿が千切られて、これでもか、これでもかと、ぶつけられているかのようである。

烏谷が待っていることになっているのは、〝かわむら〟という名の船宿であった。

待っていた烏谷は、〝かわむら〟の主から季蔵が着いたと聞くと、戸口に出てきて、

「おう、来たか。ご苦労であったな」

と一声ねぎらっただけで、すぐに、

「大雪の年は豊作だというが、こう、降ってばかりいるのも困りものよな」

中年者同士の主との世間話に戻った。

主の方は、

「そうでございますね。雪が降りすぎていると、せっかく、屋根舟を仕立てても、雪が積もっている大川の土手の風情が、今一つとおっしゃる方もおられます。けれども、やはり、雪見は雪が肝心でございますよ。屋根舟から見る、凍った花びらのように、大川に舞い落ちる雪は格別でございます」

などと話している。

鷲尾家の雪見の一行が着いたという報《しら》せが入るまで、烏谷の顔は主の方にだけ向き続け

ていた。

鷲尾家の一行は駕籠を三挺《ちょう》連ねてやってきた。供の者は十人ばかりである。地面に駕籠が下ろされると、付いてきた者たちが、傘を開いて、下りてくる主たちに雪が降りかからないように備えた。

まず、一番前の駕籠から鷲尾影親が、雪の積もった地面に下りたった。

――これがあの影親様か――

季蔵はわが目を疑った。久しく見ていない主は、でっぷりと太っていた目方が半分以下になったかのように、小さく痩《や》せていた。頭も降っている雪と区別がつかないほど白い。

次は影守だった。変わらず白く長い顔と吊り上がった目は、狐などという可愛いものではなく、得体の知れない魔物のように見える。季蔵がどこにいるかと、あたりを見回し、目が合うとにやりと笑った。ぺろりと出した真っ赤な舌が、血でも吸っているかのようで不気味だった。

――たしかに、こいつは弱い者の生き血を吸っている――

憎悪のあまり、凍えるような寒さにもかかわらず、季蔵はかっと全身の血が燃え上がった。

最後はあろうことか、瑠璃だった。真っ赤な椿の絵柄の打ち掛けを纏《まと》っている。青ざめきって震えていなければ、絵姿のように美しかった。

――瑠璃までも――

影守が手段を選ばない相手であるのは、わかっていたが、この期に及んで、季蔵から奪って側室にした女をも、道具にしようとしているのが許せなかった。

――卑怯な――

季蔵の怒りはさらに燃え上がった。

すると、どこからか、

〝季蔵、怒りも恨みも塩梅だ。少なすぎても、多すぎても、いけねえ。今のおめえは、ちょいと怒りの塩梅がすぎるぜ〟

長次郎の声が聞こえてきたような気がした。

――とっつあん――

季蔵は心の中で叫んだ。そして、その後、大きく深呼吸を一つすると、屋根舟に座るであろう、三人の様子が目に浮かんできた。

上座には当然影親が座り、右横に影守と瑠璃が控える。季蔵は少し離れた、敷居のある障子近くで鍋を煮て、それぞれの小鉢に分けて勧める。となれば、瑠璃のいる場所は、影親、影守よりも季蔵から近い。

――何としても、瑠璃を助けなければ――

季蔵の心は次第に冷静さを取り戻しはじめていた。

一方、烏谷は、

「どうかな、皆さん、今日ばかりは、日頃、御家来衆にかしずかれて堅苦しい思いをされておられる、影親殿や影守殿、綺麗な奥方様に、ゆったりと風流を味わわせてさしあげては……。それもまた忠義というものですぞ」

付き添って来た者たちに〝かわむら〟で雪見酒を飲もうともちかけた。屋根舟に付いて乗ることになっていた一人は、最後まで迷っていた様子だったが、

「まあ、よい、邪魔だ」

影守の一言で、ほっとして、早速、盃を手にした。

――たしかに、供の者はいない方がいい。これが、奉行が言っていた、〝できる手助け〟なのだろう――

季蔵は烏谷の背に感謝の気持を送ると、すでに鷲尾親子と瑠璃が乗り込み、豪助が待っている屋根舟へと鍋などの調理道具を積みこんだ。

豪助が目で合図して、舟は川岸を離れた。

季蔵は障子を開けて中へと入った。〝かわむら〟が用意してくれた七輪は、よく火が熾《おこ》っている。

中は暖かく、影親は奥の炬燵《こたつ》に向かって背を丸めていた。眠っているように見える。炬燵の上には、足の長いギヤマンの杯があって、赤い色の葡萄酒《ぶどうしゅ》が注《つ》がれている。葡萄酒は長崎奉行時代から影親の好物であった。

影守と瑠璃は炬燵からやや離れたところに、隣り合って座っていた。

季蔵は鍋を仕立てはじめた。汁を張った鍋を七輪にかけ、まずはがんもどき、海老、白

菜までを入れて、煮えたところを全部、小鉢にとって勧める。小鉢を手元に置きかけた時、季蔵は瑠璃と目が合った。

すると、瑠璃はすぐに、切なげに目を伏せた。涙が頬を伝い落ちている。季蔵はぐっと胸が詰まった。

しかし、またしても、

〝季蔵、気持も塩梅だ、塩梅のいい気持とは、情に流されすぎぬことだぞ〟

懐の匕首から長次郎の声が聞こえたような気がして、季蔵は次に進むことにした。はまぐり、しらたき、かまぼこ、焼きしいたけを鍋に入れる。鍋の汁を濁らせないためには、入れる具の順番が大事なのである。

見ていた影守は、

「恋しい男と逢《あ》えたというに、なぜ、泣くのだ」

瑠璃を責める言葉を口にした。

「そなたもそうであろう」

季蔵に念を押したが、

「何をおっしゃっておられるのか……。わたくしは塩梅屋季蔵。ただの料理人でございます」

ほどなく煮えてきたはまぐりなどを、鍋から小鉢に移した。がんもどきの入ったさっきの小鉢は、炬燵にあたってうたた寝している様子の影親一人だけが、機嫌よく平らげている。後の二人は手をつけていない。

季蔵はその次の具を入れはじめた。くわい、しめじ、鯛……。

「季之助」

影守は昔の名で季蔵を呼んだ。

「鶏肉はまだか」

「申しわけございません」

季蔵は菜箸《さいばし》を置いて平伏すると、

「猫に先を越されて、先ほどのがんもどきに代わりましてございます」

おき玖に話したのとほぼ同じ話をした。

「猫も鶏を肴《さかな》に雪見というところでございましょうか」

すると不機嫌になった影守は、手にしていた葡萄酒を持ち上げると、

「父上、さあ、もう一杯。お好きのはずでしょう」

影親の杯になみなみと注いだ。

影親は杯を手にすると、一口飲んだとたん、うっと呻いて、喉を掻きむしった。炬燵から這《は》い出て、つかのま、誰かに助けをもとめるかのように、宙に片手を伸ばし、ううっ、ううっと苦しい息をしていたが、急にぴくりとも動かなくなった。

――しまった。敵は三吉がしくじった時のことも考えて、抜かりなく、仕組んでいたのだ――

「どうされました」

すぐに駆け寄ろうとする季蔵に、

「鍋はもうよい」

影守は大声をあげて、影親の方へ顎《あご》をしゃくった。そして、

「すでに鷲尾影親は死んでいる」

高らかな大笑いをして、

「わしは孝行息子だ。好物の葡萄酒に毒を盛ってさしあげた。これで父上も兄上と心おきなく冥土《めいど》で話ができるというもの。ははは、ほんとうにわしは孝行者じゃ」

と言い、

「これで晴れてわしが鷲尾家の当主だ」

やおら、隣りにいた瑠璃の緋色《ひいろ》の打ち掛けを剝《は》いだ。下は白装束だった。

「しかし、父上も家臣がおらずばお寂しかろう。だから、瑠璃、おまえも行ってやれ。一人とはいわぬ。恋しい季之助も一緒だ。よく似合う。おまえの白装束は婚礼の時の白無垢《むく》より似合うぞ」

さらに、

「生き残ったわしは皆にこう話してやるつもりだ。塩梅屋季蔵と名を変えた堀田季之助は、鷲尾の家への恨みと心変わりをした許婚への思いを捨てきれず、雪見の舟で当主鷲尾影親に毒を盛り、夫に隠れて復讐《ふくしゅう》を示し合わせていた許婚と心中したとな……」

にやにやと顔だけで笑いながら、捕らえている瑠璃の首元に脇差しを突きつけた。

舟が大きく揺れた。舳先《へさき》を川の中央に向け、いっそう岸から離れて行く。豪助が邪魔が入らぬよう舟を操ったのだ。

この刹那《せつな》、季蔵は咄嗟に、置いた菜箸を手にしていた。そして目にも止まらぬ早さで、影守めがけて投げつけていた。季蔵の投げた菜箸が、影守の右目を突いた。影守はこの世のものとは思えぬ低く恐ろしい唸り声をあげ、目に突き刺さった菜箸を抜いた。血が流れ落ちた。

──今だ──

季蔵は影守が怯《ひる》んだ隙《すき》にぶつかって突き飛ばすと、瑠璃を引き寄せた。影守が転んだはずみで手から離れた脇差しが、畳みの上を滑って、死んでいるはずの影親の近くで止まった。

あろうことか、影親の右手が動いた。右手は獲物を視界にとらえた鷹《タカ》のような正確さで影守よりも早く動いた。そして、次の瞬間、脇差しを手にした影親は、渾身《こんしん》の力を振り絞って、膝立ちになり、苦悶に歪んだ顔の中に涙の粒を光らせて「かげぇ──」という叫び声をあげてすぐ目の前で立ち上がろうとしていた影守に全身でぶつかり覆いかぶさった。

脇差しは影守の脇腹を深々と刺し通した。影守が断末魔の悲鳴をあげた。もつれ合うようにして畳に倒れると、影親は苦しみに喘《あえ》いでいるわが子と共に息絶えた。

瑠璃の心が骸《むくろ》になったのは、まさにその時であった。

「そんな酷いことが……」

そう一言洩らしたきり、瑠璃の瞳は虚《うつ》ろに凍りつき、開いてはいるものの、輝きを失ってしまった。

「しっかりするんだ、瑠璃」

季蔵は懸命にかつての許婚の名を呼んだが、応《こた》えはなかった。

なおも、

「瑠璃、瑠璃」

季蔵は呼び続けて、瑠璃を掻き抱いたが、瑠璃は応えず、心に温かいぬくもりが返ってくることはなかった。


鷲尾親子の死はしばらく伏され、病死として届け出がされた。鷲尾家は生前から影親が画策していたのだろう影親の弟の次男が嫡男と認められ、当主となった。

その後、鷲尾家からは烏谷を通して、大枚の料理代が塩梅屋にもたらされ、季蔵は三吉を年季で雇うことができた。三吉は年季の金で父親の借金を払い、親子はちりぢりになることなく暮らしている。

季蔵の過去を知ってしまったおき玖は瑠璃の全快を祈りながら日々、漆器、陶器の手入れなどから、庭の花や草木の世話に余念がない。花や草木は、かつて、長次郎がそうしていたように離れの神棚に供えるためである。

豪助はといえば、相変わらず、船頭のほかに〝あっさり死んじめえ、あっさり死んじめえ〟と聞こえる、朝のあさり売りに精を出す毎日だった。もう、三吉に先を越される心配もなく、早速、看板娘を目当てに新しくできた水茶屋に通いつめている。

烏谷は今回の一件で季蔵が匕首を使わなかった事を知っても、季蔵が長次郎の後を継ぐ決意を固めたと確信している。

助け出された瑠璃は、今は、正気を失ったままお涼の家に預けられている。時折、季蔵が訪ねていくが、美しいばかりの虚ろな表情で、相手が季蔵とはわからない。

季節は冬から春へと変わりつつある。そんなある日、季蔵はよもぎを携えて会いに行った。すると瑠璃は、よもぎを見て香りを嗅《か》いで、ふっとうれしそうに微笑んだ。一瞬のことで、すぐに消えて、元の虚ろな顔に戻ったが、再会してからの瑠璃がはじめて見せる微笑みであった。

二人は幼い頃、春になるとよく一緒に土手のよもぎを摘んだ……。

季蔵は瑠璃が日だまりのように微笑む日が来ると信じている。

時代小説文庫
わ 1-2

雛《ひな》の鮨《すし》 料理人季蔵捕物控《りょうりにんとしぞうとりものひかえ》

著者 和田《わだ》はつ子《こ》

2007年6月18日第一刷発行
2010年4月28日第七刷発行

発行者 角川春樹

発行所 株式会社 角川春樹事務所
〒101-0051 東京都千代田区神田神保町3-27 二葉第1ビル

電話 03(3263)5247[編集] 03(3263)5881[営業]

印刷・製本 中央精版印刷株式会社

フォーマット・デザイン＆シンボルマーク 芦澤泰偉

ISBN978-4-7584-3299-3 C0193
http://www.kadokawaharuki.co.jp/[営業]
fanmail@kadokawaharuki.co.jp[編集] ご意見・ご感想をお寄せください。